龔鵬程 著

雲起樓詩

立元王小釗署

臺灣學生書局印行

雲起樓詩　目次

雲起樓詩集鋟板敬題四絕句申賀

龔嘉英

詩當深婉成佳趣，興到蒼茫自有神，雲起樓高堪縱目，無邊碧海浪翻銀。

吾宗世代出奇才，賴有名師細剪裁（謂長沙張眉叔先生），儒道兼涵金粟影，當年筆底動風雷。

南華創校非虛願，深水藏珠不露痕，佛說無言為妙諦，無言何以正乾坤。

出岫閒雲一片陰，參天古柏萬年心，君詩已得樊南髓，律細風清月滿林。

鵬程博士宗彥雅正

雲起樓詩序

張定成

南華大學龔校長鵬程博士，夙有才子學人之譽，而又高自期許，以崚嶒風骨聞於世。方逾強仕之年，淹通儒、釋、道三家之學，而著作等身。頃以其雲起樓詩行將付梓，不以余之淺陋，囑為綴序數言，余受而讀竟，義不敢以不文辭也。

余拜誦其詩，多有獨創境界，而陳言務去；韻味悠揚，而餘音不絕；切身切己，不事游談，而本色自見。非胸羅萬卷，才力過人者，曷克臻此！究其法乳，則博采眾長，兼工各體。若杜陵之沈鬱雄豪，開闔跌蕩；如義山之託意微婉，藻贍辭華；尤見其資稟之卓異，與功力之深且厚也。余既佩而服之，亦深有感焉！

古者，昌詩益教，王道以興。今世風靡薄，道德陵夷，恣睢暴慢，人所謂危，殆詩教之不張也久矣。又輓近主學政者，大抵皆理工人才，多重科技而輕人文，徒騖新知而鄙夷國故。若龔氏之精通六藝，嫻習百家，以人文博士而掌成均者，蓋亦鮮矣！今讀雲起樓詩，至望其雲起龍驤，障百川而東之，迴狂瀾於既倒也。

余於詩學致力也淺，才性亦非所近，加以仕路侵尋，早荒學殖。

自考試院考試委員退職，承乏中華學術院詩學研究所所長，得與騷壇碩彥遊，偶亦酬唱，間有所得。然忝主詩盟，自慚力薄，所中君子亦多感年華已暮，而同興詩學式微之嘆。今而後，昌明詩學，弘揚詩教，於學富年強者實厚望焉！聊綴數言，用寄殷殷之意，並申景佩之忱。

中華民國八十八年第二己卯季夏之望序於台北士林蔗盦

雲起樓詩　序

王仁鈞

鵬程薈摭其成年以來的詩稿一百七十餘首，都為一集，命名「雲起樓詩」，邀我為之題簽、作序。題簽的事，我略有經驗，稍可把握；作序就頗為生疏，甚不自信。但一時之間，還沒理清事態，便糊糊塗塗，囫圇吞地全一口答允了。

及乎書寫「雲起樓詩」四字竣事，方待動手作序的時刻，這才心頭嘀咕起來：鵬程與我交往二十多年，應知我的底細，於我的書式，或蔽於偏喜而可不棄；於我的詩見，當杲然明白，無足置意。

蓋我才鈍、氣頹，且質性泛漫，尤疏懶不切條理。秉執如斯，應之於書，容能偶現流麗之巧（挪用鵬程恭維語）；映之於識，難免渾沌迂陋，遠脫體統。麗光附采，作用已然失據；增益指瑕，希望準會落空。要我署耑，已屬大膽；並以述文，簡直荒唐。想到這裡，頓陷霾障，於是筆愈澀、思愈窘，久久開端不得。

然而承諾在先，不合不了了之。急切中憶起臺靜農師序孫克寬先生《詩人與詩》故事。該序文裏，臺師說：「……知道我不懂詩的，所以要我作序者，不是希望我對他的述作有闡發，而是作為我們交游的一點紀念……。」規範照眼，不啻霑得天外玉露，全身開釋，因念鵬程定與孫先生同一設想理路，我哪能不有樣學樣！

就我所知，鵬程有契於我處，有不契於我處。若論才和氣，鵬程才贍而氣沛，故於學、於術、於文、於藝，均能擷古攝今，綜攬博放，觸悟敏捷，不拘一成。這方面恰是我資賦所闕，與他截然的地方。若論質性佚蕩，貪玩好事，浪跡無垠，鵬程則與我輒多類似。

我這一生，乏善可陳，只有嘗試猥多，尚堪自詡無憾。舉凡可以遣心，莫不動容攀拊。每遇緣會，便驚詫愷悅，一俟境遷，也就旋轉跳脫。興致一旦奮起，沒頭沒腦，全神泗入，似不可挽，逮於興盡，則是春風秋雲，了無遺痕。童年時期（五歲到十五歲）習過拳、踢過球、演過戲、竊據過宅旁廢墟吆呼一批小人兒喧囂荒園、參加過藝文社團跟著仰慕的學長學姐們拽文謅詩出壁報辦刊物、投身過抗日策反活動追隨地下工作英雄矇瞞著家人半夜踰墻開會散發傳單張貼海報……，走馬燈般，憑那生命自如放射的躍動火力，認真地享受峰峰谷谷之嬉樂。此後，徜徉人間數十寒暑，儘管生活行止的局域對象變遷，蛻蚹遞換，可骨子底仍然率情順意，跌宕自任，乘興時無憚無忌，興盡後無恚無礙的調調，始終強橫的左右著我生活面相，幾未受到學養焠鍊經歷琢磨而生化出多少長進。

再看鵬程，別見他龍騰虎躍、踔厲風發；別見他睥睨群倫，直前不住；別見他炫奇創新，孤標兀樹；別見他桀拗不馴，抗世厭俗；別見他思縝智晳，開闔靈俐；別見他口筆便給，著說閎渟；……種種恢張卓越，圓滿達成，其實無不是由其深蘊厚情的質性乘才馭氣揮灑彰顯而輻射出來的表象。

請看他纍纍申言：「以事觸情，由情生感，感而學之，此吾興於詩之為學途徑也。」「故讀書、撰文以凝構思慮，對我而言，非職業、非志業、非工作、非休閑，且根本非一身外之物。對此事亦無所謂好之或樂之，更不必以造就出什麼來為目的。它只是如此。有此生命、有此呼吸飲饌，便有此學。」「我喜歡綜合拼湊，如堆積木般，建立起我的城池堡寨。但建好後，我是不會搬進去的。我會留下它，有時觀玩。更會暫時丟開它，另外再去造一個花園林囿。」「我之從師問道，即似於此。如魚之游行，悠悠忽忽，不知幾千里矣。水石藻荇，頗有聞見，然此即為道乎？不可知也。所可知的，就是自己一直在游，一直在游行中從師問道。」「放縱，對我而言，是有美感的。生命之好奇與善於用情，即在此顯出作用。一旦任情順情起來，什麼都不顧了。」「我自己的學問型態就是如此。非默識存察、逆覺體證、驗諸本心、良知發用的路子，而是順氣言性、感而應物，用情因境，在情境中，不斷面對自己是什麼、將會成為什麼之問題，經由自我領會、自我詮釋，而讓自己呈現為這個樣子。」即此，便足以透見他那極濃郁極堅頑無以剔削無以搖撼，即遊、即戲、即情、即興的質性。即此，抽繹掉高才、盛氣的劑分之後，則鵬程率情任真、易感隨興的生命樣式，不正和我的可相孚映！

當然，鵬程究竟是鵬程，只須本乎其質、發乎其性，鼓乎其氣，浸乎其才，縱不寫詩，已不失為一詩人。何況，他終不能不濡染於詩，憑著曾經鍛鑄於高矩大冶之爐的身手，將其生命流程衝撞激揚的璣珠掬藏於是，述志、抒情、遣興、識感、記事，量雖非鉅，雅麗深遠、喜怨哀樂，各展丰顏。

由於我和鵬程在質性上相類。老實說，我是比較偏愛他的詩的，至於他在其它方面的成就，我只遠遠地欽羨著、敬重著，可不像讀他的人、他的詩那麼貼心。

己卯歲荷月，時當西紀一九九九年七月，雪亭王仁鈞序於淡江

大學中國文學系

雲起樓詩序

張夢機

昔人論琴，謂初下指一聲不合，便終身無復合理。余謂論詩亦然，苟冠齡尚不能詞意英發、擢秀上庠，恐終其生亦難有可觀。南華龔鵬程弟，少日既沈潛經史，好古敏求，下筆輒數十萬言。詩則逸藻清源、英華吞吐，求諸流輩，實罕其匹。及壯，學益博洽，淹貫今古。而詩則刊其浮彩、雅見才情，與中山簡錦松弟，春色平分，堪稱「瀛涯雙璧」，他日方駕前修，同領風騷，可斷言也。回思蓬嶠二十年前，名家似雨，佳製如雲，石鼎聯吟、月泉分課，極一時之盛。而今詩苑已蕪，詞林寖荒，無復當年光景，故亟待後進培灌，裨重現萬木爭榮之象。余嘗云：詩自初階至歸墟，約可區為四層：一曰格律生硬；二曰平衍甜熟；三曰奇趣紛呈；四曰俊逸清新。鄙意以為目下臺澎作手，達第三層者，亦僅戔戔之數，更遑論「俊逸清新」之境。鵬程近體律例精嚴、裁章跌宕，古體亦波瀾起伏、揮灑合度。所作大皆奇趣紛呈，殆非流俗可窺其涯際也。頃者，君輯其歸作，都為一集，將付剞劂，而囊底之智、雲端之才猶未竭也。他年高臻「俊逸清新」之境，或將挽狂瀾於既倒，余當拭目待之。

雲起樓詩序

顏崑陽

或曰：詩有別材，非關書也；詩有別趣，非關理也。蓋詩緣於真情之所感而興於無理之妙趣。若夫書者聞見之跡，述知識於簡牘；理者事義之則，循規矩於方圓。既乏興象之美，更歉神思之奇。又或以為非多讀書窮理，無以極詩之至。然博覽覃思而其至未極者亦多矣，亭林、船山、東原，學究天人而弗擅於詩，偶或為之，輒間道學氣焉。豈才有偏至而學固成習乎。乃知詩根柢於情性，書理則其養料而已矣。

鵬程者，其人難知也。性駁而非一，豈諸氣之所混成歟？於書無不涉，於理無不辨，而向以學術稱焉。復治庠序之業，成教化之功。然即其放蕩文章，恣肆吟詠，則情采璀燦矣。甚者狂歌秦樓，痛飲燕市，擲巾幘於風塵榛莽間，則又彷彿林下水滸之人矣。嗟乎，鵬程者難知也。然吾知其非程非朱，非陸非王，庶幾西漢賈董、魏晉嵇阮，而間以太白、眉山者乎！

吾觀鵬程之詩，情味雋永，而出言典麗，略無市井氣，固非不學者也。然學而又非泥乎道焉。蓋其詩本乎情性而鎔裁書理，乃善學者也。是其性雖駁雜，而於詩竟純一如此，豈可怪哉！

鵬程習詩，始或自玉谿入，將造哀麗之境，然幽微悱惻終不及也。蓋其情原非九死不悔之輩，而類於清狂。故其詩玉谿為貌而眉山為骨，麗以疏朗，哀以放逸，而自為一格焉。

吾於鵬程也，頌其詩而知其人，相與為友於文章道術之墟也久矣。今將出其詩以行世，吾固樂為之序云云。

雲起樓詩 自序

龔鵬程

詩為何而作，言人人殊。抄纂其談，可汗萬牛。實則作詩者皆出於不得已也。不知其何以有此情，亦不知何以欲寫此情，而遂琢句雕章，沈吟於酒邊燈下，自詫自喜，若不自勝。偶爾自思，誠不知胡為乎而至此。故或捃摭言語，以自辯飾。然說解萬端，終歸辭費而已。余少嘗隨張眉叔汪雨庵張夢機諸師學詩，苦不用工，是以詩藝久無進境。唯於霜月春雲、歌哭行坐之頃，偶書一二不得已之情而已。余矇不知詩也，又豈敢以詩人名？輯存此集，聊志平生。

大雅君子，幸無訶焉。己卯秋夕，序於雲起樓。莊子曰：鵬背若泰山，翼若垂天之雲，摶扶搖羊角而上者九萬里。故雲起者，鵬斯舉矣。

雪趣梅詩

雲起樓詩

盧陵 龔鵬程

初秋過淡水，坐江樓，小寐

端居無事與銷憂。薄醉終成惘惘遊。筋力似緣詩興減。鐙旗初撥旅情幽。江灣小閣尋殘夢。木末重城知幾秋？多少平生俶詭意。樓頭閑數養花舟。

奉答錦松

我詩學樊南。亦且雜蘇龕。學之終不似。勞劬窮幽探。偶然學杜甫。

對君忽已慚。詩法斲輪技。心手曾苦參。深懷用夏室。此藝足鎌醃。
憶昔明潭上。煙露為蒼嵐。簷雨開新甕。舟夜移燈談。乍逢山水趣。
便覺詩味甘。斯言誰知者？請以訊江潭（用夏為君齋名）。

肺腸一首示少白

燈底人前但說狂。愁將清曠掩憂傷。祇今積鬱支皮骨。剩遣餘歡醒肺腸。時世休誇眉黛好，春心還託卷葹長。家山感與滄桑事。哀樂無端儻自忘。

述菊　三首

兵氣冥茫海雨空。只依籬下祝秋風。趺香瘦蕾無言說。深盃慰爾一襟紅。

流傳故事短籬邊。浥露幽香助我眠。卻恐壓檐危雨在。霜心一寸與誰憐？

澹泊寒衣未放妍。湖唇籬角冷吹前。陶公既歿無知己。粥鼓重陽亦惘然。

登秀峰山與國符談禪

松菴無復舊時貌。清梵偶迴僧舫中。煮夢初傳霜鼎冷。浸甌還憶蠟燈紅。一身落落煙霞外。萬境塵塵水月空。香嶺團蒲花雨際。心香同許挹宗風。

初春偶成

萬花欲繡蒼巖滿。楊柳春旗眼乍舒。汲月冷泉非舊水。買香幽圃擷寒蔬。偶煎苦荈呼山鳥。暫卷晴雲拂道書。永憶童年跡真賞。冰心迴夢到華胥。

淡海夜遊

寒波月穩天聲靜。夜色東南冷墨中。鄉夢慣隨春雨濕。冰心仍作酒痕紅。少年肝膽搖書幌。淡海煙塵著舊風。等是清狂成惘惘。鵾弦閒與說空濛（戊午春初與少白英俊明峪過淡海訪文進，吟白石「淮南皓月冷千山，冥冥歸去無人管」之句，相與醉歌而別。當時余詩所謂：「江城行處落花多，皓月河壖白石歌」；試煮羔兒紅粟酒，天風吹夢海棠窠」是也。歸來復成一律，書以奉少白。末句謂聆李雙澤遺曲事）。

龍山寺夜茗聽雨

堨來自愛坐茶棚。蘆酒花酥病不勝。懶訊寒溫湖海意。似聞簷腳睡

枯僧。徘徊聽襯冥冥雨。寂寞回添悄悄燈。清茗可能餘松火。釃紅

新剝小池菱。

遊鸕鷀潭

居處凌滄海。袖攬怒濤翻。隔峽問禹域。抆淚對乾坤。欲竊仁智好。

湛露拂鈍根。及此春日暖。潭水探沄沄。兩岸熊羆戍。激湍壓雲奔。

裂崖成龜曝。懸壁若搖旛。波碧知源遠。虛舟絕塵喧。潭深云千尺。

下疑窟靈鯤。隱隱風欲起。擊浪騰天門。藤蛇絡怪木。危石滋苔痕。

玉鏡清水骨。密篠圍煙村。群鸕相與狎。翔集還孤騫。漁樵自酬答。

餘歡足邱園。陰晴變雲壑。勝概難具言。平生少雅意。獨從山水繁。
暫攜風雷氣。幽敻尋靈源。五湖詎拂衣。八表志所存。散髮扣舷歌。
祁祁懷采蘩。馳輝失故水。瞑合遂已昏。潭心印山月。石齒儼平吞。
境寂罕人跡。哀響悽心魂。揮手謝玄猿。相期躡崑崙。

照影

不厭青衫照影低。孤蹤差可喻飢鵝。江山誰寫秋心稿。疏柳寒花霧
一谿。

風懷

吐蕊香浮二月蘭。風懷輕颺雨初乾。一燈心事花扶起。領略春衫入夜寒。

初春遊谷關

芳林射綠野雲殘。昨夜新寒雨未乾。客歲情懷空涕笑。此山顏色共悲歡。漲紅櫻李開春冷。過眼風華負手看。寸寸江光轉層碧。落梅消得一憑欄。

寄國彥

我向南天別本師。更尋松月與君辭。稍從滄海觀鵬化。忽漫停雲攬客思。詩力可能因酒健。秋心微覺有蓬滋。山河入夢青燈永。恥說長安似奕棋。

山居雨後邀松興夜飲

雨過殘荷亦自開。溪煙涵潤活青苔。高窗月滿談須健。先覓霜螯待客來。

客舍聞箏

搖兀江湖觸緒吟。劍花寒夜澀歸心。傷情誰唱南朝曲?漠漠山光一桁深。

錦松衝雨來訪，歸後卻寄

自君攜去山門月。一夜心燈颭不休。蜃海驚潮飛劍起。銀槎孤夢接天流。謀乖世事巢堂燕。拙入詩聲喚雨鳩。千里風情誰賦得？南窗讀易想吾儔。

獨夜

浥浥千城白露寒。依稀春夢結春山。孤花碎影誰還憶？獨向煙波霧裡看。

寄少白

詩亦吾家事。感君聊一吟。松聲聽海幻。桃花去住心。意在無人覺。燈影瘦羅襟。風致獨云好。深宵餘撫琴。

十二月初七夜聞簫

噉醉生涯聞野吠。吟堂不忍怯孤寒。小樓一夕簫聲後。更點殘燈隔夢看。

遊陽明山

我為傷春真惘惘。猶來三界落花中。櫻迴殘馥消清氣。夢浸餘痕染酒紅。嚄唶兵聲渾不覺。沈綿春事已空濛。蓬山密意香塵在。坐看縱橫太古風。

樓望

春聲瀹雨入樓酣。小霧淹窗冷客談。欲就鯤濤窺禹域。蜃氛暝氣鎖東南。

夜雨

昨夜山房微度雨。沈沈寒氣入春衣。悠揚好夢終何有?寥落殘花覓更稀。茆舍青燈詞客冷。風簷白露藥苗低。娛魂且向錫簫外。取試餘溫舊釣磯。

月夜江干

遊子浮江海。歸看釣夜舟。我來風雨寂。潮倚故山秋。落日孤臺雁。霜花明月樓。清詩如有待，黃葉滿汀洲（張君達雅云其地有雁）。

雜懷

浮嵐秀墨兩相因。勝處風情足自矜。乞取菊樽斟細浪。春心願化玉壺冰。

秋夕聞笛

鄉山飄夢滿岑樓。轉響風楹問此憂。天地雞鳴猶未已。氛塵我意自清遒。深杯微影忽成幻。入水枯魚不擇流。雨夕村前又聞笛。煙江寒碧落花秋。

村夜

亂山無次木蕭蕭。古堞寒啼一夜高。來問燈青千古事。溪前最愛有飄簫。

重過止觀寺 二首

漁笛春江話一宵。揭來帶雨作秋潮。舊時洗缽聽雞處。半是煙苔半是蕉。

人間誰信有搖落？新水還應漲舊潮。此夜禪門空宿雨。天臺齋鼓滿經樓。

答錦松

屯山皆寒霧。江海多淒風。千枝歸萎寂。行人曲如弓。我愛不繫子。梅香付詩筒（君別署不繫。舊居明湖，寒梅早放，輒折蕾賦詩，以寄所愛）。詩律森且整。神功破鴻濛。杜陵賦雲嶽。快筆壓奔洪。感激存一劍。臨歧理痴聾。如何長自苦？宇宙盪譎中。紛廁相喁喁。顛倒迷虯龍。榮華群自耀。亦且多夸訌。身與名俱死。了了貴悾慒。

嗟今世已亂。子復執真欲何從？時與道相失。賤鄙讀書翁。閑且觀物化。山水慰孤衷。種樹邀雲白。涉江采芙蓉。漁父歌滄浪。厥義今古同。慎爾嚴操持。勿使損姿容（錦松將刻其詩，囑為校字。昨夜於棄紙中得此舊製，因即以題其集）。

奉貽少白

千潭月印飄零處。墨稼經畬春復春。伺眼山河魑魅起。收愁江渚酒樽親。欲裁狂簡成奇士。便許文章致此身。燈火溪聲自相續。一川新水更通津。

秋夕食蟹，共明峪連春諸子

失喜朋簪共此宵。獸壺瓔榼盛齋庖。半城山色收江水。九日都人薦菊糕。次第樓台添掌故。綢繆燈火問霜螯。深盃不許尋常醉。聽響茶鐺萬壑濤。

夜歸

青濛小霧冪香微。積雨山城盡掩扉。橋影欲沈樓影外。花村遙看一燈歸。

過藏海寺

山僧矗說筍菰香。鳩雨桃花問釣艭。催晝潮聲千夢迴。捲雲花氣一身藏。苔痕未許尋行跡。茗榼寧能慰惋傷？分付清光縈密篠。江煙初接暮蒼蒼。

都門感舊詩　二首

虛堂沈雨澹如煙。坐對模糊已惘然。君問六朝胭脂水。掉頭都在曉燈前。

絲蘿松柏繡紅襦。蕭史雲英尚有無？扶雨到門孤睡在。花飛花落滿江湖（稚齋簡君，清雋士也。舊嘗為序余文。乙卯初，故與彭氏女懽，格於勢，不能合。後竟別去，不知所之。今冬，余宿都門，雨餘寒重，燈下與君論此事，淒黯情塵，悵觸神傷。聊為聲詩以識之）。

登慈修寺

寂歷江湖肝膈冷。風塵㯳散作畸人。海天雲氣荒荒白。雨剎檐花冉冉新。貝梵松濤迷玉笛。佛香蓮露浣塵巾。殷勤欲問津梁子。一證燈前未了因。

錦松見示二首，有作奉答

昔者王符老。勸我習梅村。謂其風華甚。足以救孤貧。頃我觀其作。

荒荒如野人。棗梅餘鮮在。惜無薑桂辛。詩味少酸澀。遂與長慶鄰。
長慶亦不易。精詣故絕塵。其名曰詩史。其事通鬼神。或云掩遺山。
竊恐喻非倫。遺山多幽憤。歌哭萬古身。梅村氣已怯。叨叨苦自陳。
文名皆蓋世。高下此攸分。感君神駿語。聊當述見聞。古哲不可及。
我語定非真（君詩有「采菊遙憐神韻在，前朝詩史讓吳公」之句。
又引孫克寬先生論詩曰：「前掩遺山後湘叟，梅村詩史獨精純」）。

春暮鸕鷀潭

輪囷肝膽屈蟠地。潭水岑樓久往來。豈是江湖多酣寐。不妨花雨起徘徊。槐根蟻夢原何謂？海角兵塵已費猜。簑笠鄰翁邀籔酒。風舲今夜賭傳杯。

買花

雨渥山花躑躅紅。買花重問白頭翁。囁嚅似說沈綿意。石橋煙色已空濛。

丁巳秋重遊淡水

疏花得雨著人香。載酒重看北海桑。可是江城耽寂寞。故留秋意冷斜陽？

自喜

漬梅花乳洗餘酲。未是東坡玉糝羹。聘取樓臺霜宿夜。海天儋耳一燈行。

薇拉颱風過境

杜門三日聽風雨。說似人間補衲僧。新愛銅瓶烹松火。小街今夜已無燈。

昨夜

昨夜秋江暗落潮。無邊風霧壓歸橈。歸來不解金貂醉。猶把書燈照寶刀。

近中秋不得歸，聞客舍主人製餅

日月普騰徙北海。積年何事問新橙？輕寒細雨知無寐。苦聽人家做餅聲。

都城

尋常歌舞自繽紛。夜煖秦淮散酒君。歸計望門爭綠卡。生涯割臂寵紅裙。九州風雨真堪寐。盛世華年可暫醺。口暮獨來城郭外。海天無語但秋雲。

曉吟

偶誇夜起付沈吟。小院風深雨打林。立佇為尋紅濕處。穿廊薄日已敷金。

逸塵過訪，詩以贈之

檢點年華孤照在。聲詩與子論奇瑰。蹤高氣合延津劍。境僻紋滋藥院苔。自喜清狂成久客。莫教怊悵負新醅。相逢酩酊春風裡。遙有飛濤入眼來。

贈華蓮法師

滄桑彈指幾斜曛。落葉寒山又見君。曾共蓮堂參法乳。還從金粟印靈氛。喧騰象外禪初定。縹緲風前柏自薰。偶為尋溪囊劍去。曉鐘沈處滿湖雲。

淡水　二首

怪底秋山似夢中。風舲獨坐入空濛。眉梢恐有清泠意。卻對江城夕照紅。

看潮看月恣勾留。蘆渡滄州賣酒樓。癡絕悲歡都不省。秋光還與豁雙眸。

盆梅

春庭燈暖碧羅衫。盆聚花枝壓枕函。向晚暗香迴雪徑。弄風嬌額擁霜巉。鳳城鮫霧粧痕濕。清夢雲屏夜蕊緘。更有瓊臺無限事。舞衣斜舉玉摻摻。

庚申春夜作

村市記從喧聒去。酴醾香冷夢纖纖。飛花長日春不動。滄海無聲夜轉嚴。偶著壺觴銷茗火。亦知風霧擁虛檐。山深莫誦平戎策。春睡年來已漸甜。

春夜懷錦松

閉門聽雨坐宵分。苦憶詩家鄭廣文。短褐不愁人錯認。奇懷但使夜知聞。連晨泥飲當時慣。甕醋危吟此夕醺？林樾春深風色美。庭花儻亦見紛紛。

復興山即事　四首

一雨全消暑。微寒不點燈。山空雲積處。兀坐即平生。

醉著林間臥。夢來聽鳥呼。村雞無肥瘦。隨意啄葫蘆。

街路犢車寂。斜陽照景昏。剜菇焙肉事。野老坐相論。

白袷穿雲濕。霜威入指寒。歸時不見月。林莽墨團團。

過淡水，登慈修寺與余君論相

久畏炎蒸思逭暑。涼濤海雨澤枯荄。行歌過市春無跡。入剎穿雲夢未栽。俯仰江湖能自喜。支離骨相付人猜。時衰不許憐同病。卻問浮生緣果來。

嵐軒夜話贈建太　二首

霧破江城一笛橫。小陪高詠向茶棚。消愁莫訝無長策。餉子山南急雨聲。

雲水飄然愧短鬠。文章意氣足飛騰。同君此夕秋窗雨。匣劍霜寒一壁燈。

讀錦松和陶飲酒詩戲作

不與人徒與酒徒。茫茫塵紲豈堪紓？撚鬚帽甕勤方俗。垤蟻熟炊忞隱居。憎愛自憐詩喁喁。死生隨化夢蘧蘧。夜來湯餅邀春睡。不為斂錢酬飲醵。

寶刀歌，作別國彥

金膾玉齏不成歡。柳花如雪刀出函。銅鏃鐵甲久寂寞。西城黯黯堆春寒。春寒壓我心頭惡。遲君起舞歌陽關。松櫪崇臺煙霏裡。霜刃白露方溥溥。此刀君師精血化。人海攜來躡濤瀾。讀書最早欽范滂。直欲斧引耰癡頑。不然橫嶺入炎州。剸蛟刺虎匹馬還。從遊亦有赤松子。相坐月榭低螺鬟。咄哉已矣行無路。絛腰一曲凋朱顏。蟣蝨在褌同錯落。萬金休與粧刀鐶。桑落盈盈之美酒。月出冷冷之江山。若有人兮成浩蕩。天涯住穩麴鄉寬。

舟行

舟行二三日。浮世寄須臾。浦漵涼飆起。霜篷一夢紆。密雲深澗壑。

傳岸有謳歈。薄晚林巒濕。知從雨腳俱。

壬戌春感 十首

如此春寒不可當。小樓夜雨濕流光。飄燈簾箔沈沈定。覓我清愁爾許長。

征塵莽莽客衣單。卻禁春風作小寒。柔櫓夜來多嫵媚。平生即此是鄉關。

梅杏松槐桃竹柳。暮雲靄靄草青青。坪林道上魚蝦市。為感春風又薦腥。

苦證無生為有身。輒憐風雨釀春深。春深亦有頑癡恨。寂歷江湖惘惘吟。

月出遙荒樹勢分。短衫風勁看春雲。龜山南畔烏棲未？隴上寒多恐逸群。

春水船頭鶯語亂。樓臺花動曙光寒。鴛鴦枕上無端淚。都為相思夢裡湍。

智與情仇最可哀。自憐自憎自驚猜。我生定有幽憂疾。野水春潦日暮來。

花信匆匆似歲華。摩挲好夢種匏瓜。春陰漸薄楊花暖。箕坐松風試煮茶。

昨夜東君費剪裁。落花一舸小徘徊。柳綿底下閑鷗鷺。靜看杜鵑啼血回。

閉門端愛雨聲粗。清睡人間靜可娛。妻子莫愁花事短。夢中春已徹江湖。

癸亥春盡　二首

花羃樓臺濕暮春。偶逢風雨輒傷神。坐知海氣浮長夜。未解清歌恣酒脣。夢與荼蘼相濩落。人猶蠻觸自紛綸。年來行腳支離甚。大宇茫茫卻問津。

柳綿漸漸寫江鄉。涴月黃流起夜光。如此山河真可念。伶俜少日忍相忘。世疏流輩呼牛馬。物外春風澹肺腸。偶與兒童邀至樂。隔牆聽唱促織孃。

癸亥春禊不克追陪，有作奉呈

餘寒上巳久祈禳。十日春陰欲病觴。自負閑居猶有味。渺然雲物望蒼茫。

文字消磨亦已多。新來因病懶摩挲。讀詩偶悉春潭想。又恐顛狂更作魔。

甲子春中與文進少白及志明夫婦衝雨渡江，赴八里食筍聽濤而返。久無此狂，輒復記之

江山誠多故。觸目仍古歡。我客龜山隅。又來海之端。舉頭不見月。衝雨舊時灘。渡者今安往？我自衣裳單。車行過八里。八里亦春寒。鄉蔬與竹筍。遠客易為餐。別茲四五載。今始酬肺肝。山色人間外。螢燒夜雨看。更欲涉滄渤。獨夜想濤瀾。少年顛狂事。縱放一何難？

我輩雖寂寞。握手天地寬。

感事

少小僻幽獨。端居自含藏。偶然驚天下。負劍走八荒。

江頭

江頭長網遮紅鱗。剪韭催燈淡海濱。好是餞春歸緩緩。斜街積雨自兼旬。

惆悵

南海啼鵑出桄榔。杏花吹雨小滄桑。江湖已漸無高士。青春終不負醉鄉。輒復登臨悲阮籍。敢煩遊戲話襄王。此生惆悵東風裡。未辨蕭郎短後裝。

春風

春風誰解餐落英？過卻年華總不驚。浩浩春江邀我去。仰呼明月待潮生。

乙丑秋思 十五首

夜風才動雨絲絲。菡萏香濃萬物滋。如此物情秋正好。詩思都在煮茶時。

小榻誰添一味涼？高樓風雨自堂堂。吾愁未肯傷離亂。寂寞宵分試

舉觴。

依樣霜花日日開。舊遊漸隱漸成灰。沈吟不用消壘塊。過卻春風又

欲來。

煙月離離澹薜蘿。夜涼供我小摩挲。人間落葉天不問。一夕清光望

更多。

可能袖手答風清。慚愧秋窗一段晴。小睡膩人人不覺。卻聞別院有

黃鶯。

故書興廢定閑閑。盛會佳年取次間。落日庭除吾最愛。桐陰戲對小鴉鬟。

年年春日足佳思。浩浩秋來亦作癡。相忘不勞丘壑美。空庭斜日照遲遲。

風廊燈暖夜嚴時。兀兀窮秋靜可知。哀樂漸消惆悵在。故將無淚絕相思。

說劍談龍意已慵。未妨憔悴答秋風。更深夢遠龍沙近。又到江南夜雪篷。

惘惘生涯不自聊。情懷都作酒懷消。未憐花發憐花落。更坐虛空慰寂寥。

恐我至今猶憒憒。偶然對景即咨嗟。夜涼閑坐看秋雨。聽責人間紫綬花。

未到中秋別有情。夜光如鬢漸星星。年華莫作無端想。人自滄桑月自明。

長街秋雨亦如酥。滴到荷花也便枯。可笑道人都不會。驅車來此對芎藭。

獨上高樓看紫霄。月華如練捲冰綃。分明愁思秋來劇。莫道家山隔水遙。

道是芳醪足養生。遂令新來未解酲。風味不消人說與，慣將如此聽秋聲。

丙寅春雨陪文華文進過淡水少白寓廬，文華歸後有作，不能遍和，奉題一律

朋輩優遊興未闌。遂來聽雨海之端。敢云衰世多懷抱。但款東風得肺肝。夢入春燈花事暖。曲終一夜酒杯寒。哦詩信有蒼茫意。莫作

中年感慨看（是夕聽曲，名最後一夜。又，少白吟老杜贈衛八處士詩）。

丁卯春日偶成

吹萬不同怒者誰？天機浩浩莫相窺。長揖軒冕餘清事。徙倚芳辰對翠眉。偶亦人間悲俯仰。豈由春夢論盈虧？屯難斯世非不愛。墳籍修營尚有為。

丁卯重陽登陳逢源先生溪山煙雨樓

吾方賦遠遊。偕翠到荒陬。坐對重陽日。吸呼海國秋。物華云已暮。

者舊豈能倖。此夕誰知者？溪山煙雨樓。

題汪仁玠詩稿

詩卷相親舊水痕。摩挲差信默能存。漸迷好夢燈分睡。不盡春聲雨打門。有酒有花堪送懶。一書一劍敢為尊？元龍我亦常高臥。隨處生涯莫與論。

南勢溪口號　四首

寂歷生幽草。雲合翠作圍。行吟方未已。待月即來歸。

山綠壓眉低。勾留看彩霓。市人情趣別。烤肉下南溪。

西嶺逶迤來。青蒼入舊壘。春風林壑滿。滄浪此縈迴。

偶然如遇雨。巖氣冷虛堂。忽忽余懷澹。藤花滿地香。

己巳春初夜坐，示錦松

小樓獨坐夜蒼蒼。思入玄冥雨亦涼。豈有人間悲往事？漸驚神韻近滄桑。詩書未補情為累。時世何妨巧作妝。喜與春寒同寂寞。平生迂怪即尋常。

辛未春，於海南島舉辦儒家文化與現代化研討會

感賦，奉呈周偉民院長兼示蕭箑父先生

南中高會俱高才。高睨大談亦壯哉。儒業浴身真可樂。書生經世有奇哀。今從海隅尋知己。直向冬風訊早梅。涼夜偶然看北斗。靂霳忽若一時開。

遊海南島

海外談瀛洲。荒唐誰與儔。今茲赴儋耳。來論海國憂。榴花發歲杪。冬水碧油油。地氣曰壯美。人物自溫柔。獨惜膏梁域。尚未盡九疇。珠崖如明月。遂棄海之陬。珠是鮫人泣。天則似有愁。吾亦識珠者。對此正凝眸。

志文率團赴大陸討論文字不宜簡化，感賦

文言錯畫久參差。訛正歧分論益譁。知識狂花生客慧。篇章斷簡墜流沙。但云文化能託命。誰解流離說破家？我自傷心悲禹域。小樓獨坐望天涯。

壬申春暮，宿鐳力阿，呈李子弋師

銷盡塵緣宿夢空。談玄說鬼夜風中。浮生初見無生法。出世方為警世鐘。鐳力漸隨花滿寺。人心迴向海之東。一收魍魎還天乙。大雨鳴廊壽李公。

藥方

霜毫揮罷倚天寒。墨瀋淋漓取次看。豈敢自矜醫國手？藥方只販古時丹。

江湖

江湖有魚鳥。各自歸草草。未隨晚風寒。徒自感秋早。亦有宇宙心。年華孰壽考？飛揚造化中。相從便靜好（壬中中，於佛研中心為墨戲。落筆成句，不暇思慮。捷於子建之七步，肆我朋儕之一歡。乃忽聞老妻電話來詢，大類催租人打門索逋。擱筆茫然，遂僅存此）。

癸酉中，由歐洲入四川參加紀念唐君毅先生研討會

飛來飛去若孤雲。四極蒼茫日欲曛。杜宇望鄉兼望帝。人生離世不離群。即從歐北來南土。苦向龍天訊質文。更就西川觀運會。故今未忍斷知聞。

花果飄零海客憂。於兹花發望江樓。吾聞大道通天地。豈有息壤塞九州？說性談心唐氏史。原儒判教萬斛舟。川西玉壘今猶在。變滅浮雲且暫休。

青城山中作

錦官城外翠成圍。即以青城作堞堆。聞見青蒼撲面宇。吸呼海霧生心扉。長流不斷銷天地。人世於茲泯是非。所以青城多道觀。觀生觀化道精微。

雨中遊青城山

飄渺青城峰。要與元氣侔。世人苦不識，但相誇其幽。或云五洞天。謬使山蒙羞。所以山有待。待我今來遊。小雨舒山肺。雲霧湍飛流。示我以真面。語我小勾留：「人世茫茫不可恃。況彼江湖多恩仇。何若五岳丈人軒轅氏。於此逍遙幾千秋。層巒積翠堆蒼玉。憑虛集靈起高樓。仙人樓居重十二。玉城青青誰能儔？」我亦知此意。惜哉吾有求。不求道悟不封侯。不求丹灶養黑頭。坐觀暮色森然至。輒覺天地恨悠悠。故今欲渡滄溟去。橫絕九宁散吾憂。長愁銷儻盡。再拜青城乞天庥。

預新加坡詩會

獅城無獅乃有詩。詩人鬣集騁其思。入思玄古混茫處。都在山川感會時。物色芳潔誰道得。世緣綜錯我為之。蕉風椰雨魚蝦市。風格何須效楚辭？

懷抱

但知懷抱存天地。豈就衽席肆甲兵。我自沈吟空色相。要書奇字問蒼冥。

夜夢

小樓微雨夜生風。夢入雲庭十二重。雲裡無人吹鐵笛。神仙攜酒在花叢。

販藥

河間姹女火而飛。還息精胎丹子微。吾藥甚奇誰敢用？夜涼今又踏莎回。

小休

風日清佳可小休。高臺兀坐對長流。世緣銷盡長流裡。來看蒼茫天地秋。

問學

葵羹桂醑足風流。冷淡生涯我所求。寂寞之濱知識海。乘桴來問海之頭。

說鬼

談玄說怪夜昏昏。稍攝形神向酒尊。內聖外王都不管。明夷待訪鬼王村。

抄書

今日抄書勝作書。抄來萬卷眼模糊。人間殆欲添風物。校字燃藜入畫圖。

結習

結習纏綿去渺茫。三塗火宅嘆迷陽。進將死敵歸伏法。高臥元龍自可傷。

齊物

詼諧玩世即靈修。枯槁吾儒亦道流。更對明尊消苦業。吾生齊物便優遊。

工夫

人世從知絜轉圜，得名負謗兩無端。老夫今日工夫熟，直透無情最上關（以上甲戌雜詩十首。雜詩者，情懷雜亂，不可以一端舉，故凌雜言之也。首云自存懷抱，原不屑屑於人世機栝。次言偶然入夢，得登青冥，乃知朝廷中歌舞昇平，頗乏鐵中錚錚之士。三則自傷未能應世諧俗，故四云可以小休。五、掛冠求去，還讀我書也。六曰如此時世，已非吾人所能挽回；明夷待訪，亦將何恃？不如滑稽談諧，詩酒自樂。七、抄書亦一樂事，何必著書？八、九、十，論內養事。蓋外王事業既已無可為，內修以成聖成賢亦自惟不能。結習難忘，進退失所，中宵思省，輒多悔痛。然余縱橫諸大教間，平章儒佛，溝通釋道，齊物等觀，亦差堪自慰。若能藉此超悟，直入無情，則工夫精熟矣。書此，聊以示諸友）。

平淡

漸歸平淡懶雕龍。更病生涯在夢中。自將美人銷夜雨。也曾無寐答秋風。江湖浩蕩弓刀滿。緣法糾繚歲月空。辛苦縱橫今掃卻。吸呼修靜有奇功。

荒唐

鎮日荒唐不可療。愧無割愛懺情刀。莊生夢罷方迷惘。海客求珠任劬勞。也有悲心藏宇宙。但隨遊戲構窠巢。江湖莫道千秋事。即此生涯卻自豪。

附周志文和韻

百年大業路正遙。割愛何須懺情刀？悲心既已涵宇宙。願力豈應委波濤？夜吟月光寒徹骨。晨起雞唱震雲霄。莫道求珠迷惘事。方糖一塊亦自豪。

夜風

勻碧苔箋寫夜風。靜堂簾幕澀絲桐。微霜鬱鬱黃金屋。淡掃櫻唇一點紅（舊紙中存詩一首，渾不記所詠何事，姑存於此）。

題畫

含香添日暖。微雨濕春紅。松檜與叢竹。盤桓清夢中。

呈嘉有丈

江山萬里舊蘇州。夢覺桄榔紅並樓。稷下荀卿堪祭酒。歸來陶令倦爭籌。蓬瀛風雅嚴高會。壇坫文章自列侯。詩話他年銘績業。人間應許誌嘉猷（李猷先生，字嘉有，蘇州人，江山萬里樓主人楊雲史高弟也。署其居曰紅並樓，著有詩文及詩話集，論列近人詩藝極為精審。兼擅書法篆刻，並主持中華詩學研究所、主編中華詩學。揚扢風雅，後學所宗，故詩中云云。先生嘗篆書一聯賜我曰：「元龍自非餘子可及，孝章要有九牧大名」，俄而棄世矣，思之悵然）。

答錦松

有作即不工。所書亦未美。對茲君子人。毋乃自咎悔。文字著憂患。至情摩其壘。遙山春澹澹。零雨夜都委。詩境原如此。君問諸江水。

中年

漸拋哀樂近中年。新酎初嘗便是仙。過駟誰能追隙影？流萍終要樂其天。干戈不到淵明室。神秘忽開關尹前。今日有人耽退廢。風華何必說三千。

孟瑤風雲傳讀後

鳳翥龍翔事太奢。於今世路阻行車。都人逸豫稱堯日。野史殷勤述宋家。我輩讀書通大義。他年煨芋試新茶。生涯若此原不惡。袖手乾坤看日斜。

丙子夏日赴南華創校，偶抒懷抱

地陷天傾各有由。虎爭龍戰鬥春秋。土崩魚爛人間世。路轉峰迴文會樓。涵養生機通造化。裁成雅士鑄神州。山中小試乾坤手。今日吾儕亦孔丘（時校舍初建文會樓與成均館）。

藏珠

我有牟尼真寶珠。藏諸龍口入深湖。霞光夜半沖牛斗。豪傑朝來視卻無。

山中

偶坐樓頭對翠微。木棉飄絮著芳菲。山中今少人間曆。適怨清和有化機（少白搭機赴南華學院途中有作云：南北真成候鳥飛，逐雲窺日負芳菲，山中若有乾坤手，爐冶英才共忘機。今用其韻而改其意）。

夜雨

前夜東風惡。怒持暴雨來。平明溪澗上。忽見百花開。

丁丑深秋瘂弦張默陳義芝焦桐陳雨航諸君見訪有贈

歲月曾騰水轉沙。天涯小住即吾家。文章自許千秋業。道法能開頃刻花。為惜人間多翳蔽。故來山野種瓠瓜。江湖豪客如存問。一笑相逢肅萬嘩。

戊寅春末

春近滄桑夢近樓。樓頭兀坐即風流。浮生浪跡多雜憶。盛世危言且暫休。所見英雄王霸業。都成水調別離謳。故來此處銷長晝。獨對斜陽盡一甌。

題東澗寫校李商隱詩集

墨痕觸眼正春分。東澗遺篇跡尚存。若有佳人歌子夜，於今微雨誦西崑。夢成一境來都是，事往如流去莫論。回首不知誰寄語。樂遊原畔酒初溫（東澗老人錢牧齋嘗抄其家藏舊本李義山詩，並據北宋本校改。其稿久未流傳，清末始為羅振玉所得。十數年前，汪師雨盦復於美獲睹景本，持歸囑為校字。乃又補抄脫葉數紙，撰一校記，略敘其事。今始由李善馨先生印出。遠道郵貺，奉之增感，遂成一律云）。

廈門口占贈陳守舉

今人不騎鶴。未必下揚州。若得錢億萬。寧買廈門舟。舟中飾歌舞。醉銷百歲憂。或居鼓浪嶼。吹笛明月樓。或至南普陀。散盡吾所有。浩然乞食歸。任人道我醜。君謂我大愚。我笑不闔口。愚人賢者師。癡拙余所守。莫學賢聖士。徒為天芻狗。可惜囊無金。斯言聽者走。

藏應道長遐升誌感

先生濁世守其真。應物藏身道德淳。涵養深情通宇宙。吸呼元氣作精神。自將觀化超三界。已復體無合大鈞。我輩臨風稽首拜。壺天蓬海念斯人（藏應道人郭騰芳，太乙金蓮宗開宗道長也。創道德院於高雄，裁成人才、推廣道業，夙為道流欽仰。忽焉升化，其法嗣翁太明來訃，感而作此）。

大林夜興

一輪明月萬頃田。野木蒼森上接天。天頂有雲能致雨。山川待以作清妍。

山居暴雨

山居漸少閑花草。春盡猶聞暴雨來。老樹婆娑風雨裡。擔心更恐損樓臺。

刻詞

鐵筆鑱刻絕妙詞。持刀破陣寫相思。一橫一竪平生意。莫道嬋娟總不知（陳懷恩課徒，取東坡水調歌頭詞句命篆，裱為一軸，因題數語）。

閑坐

閑坐芳辰樂寂寥。屠龍心事已冰銷。人聲遠去茶煙淡。莫說江湖莫論豪。

不眠，戊寅秋作

山圍海霧夜昏昏。有客不眠靜閉門。看劍銜杯增感慨。因緣晝夢自
溫存。年來羈旅成飛絮。是處生涯俱酒痕。入世無情堪送老。此間
何事苦銷魂？

南華雜詩　三首

山流水動之。雲坐月來移。萬象森羅地。千春共一時。
雲起風聲靜。山深草木疏。有人眠不得。閑坐對空無。
山深飛海霧。飄渺失樓臺。水氣溶溶夜。鐘聲空際來。

客中聞周安托謝世

我故未飲酒。何以有憂端？冰雪塞天地。吾愁入肺肝。安托忽云逝。
城中方暮寒。舊遊猶在眼。竟作古人看。憶昔肆杯盞。追陪歌汗漫。
詩酒結豪宕。慷慨有餘歡。又嘗校經典。秘戲圖大觀。或考劍俠傳。
奇書待雕刊。乃茲如煙盡。遺音不可彈。遙念英雄夢。嗟哉行路難

（安托為詩人、為俠客，嘗出版經典叢刊及秘戲圖大觀等，又有遺稿武俠小說無情天地等待刊。己卯仲春，余於北京瀋陽旅次，大雪紛飛中，忽得噩耗，謂酒後一暝而亡，為之震悼不已）。

又作

意氣由來壯萬夫。於今蕭索在泥塗。已聞鬼錄收朋輩。詎斷青春在酒壺？遠路客途霏雪細。黑山白水此心孤。彷彿記與呼屠狗。共賦看花擊劍圖（安托友人房茂清，嘗邀余與雷家驥王明蓀等赴南投國姓鄉山中觀其藝蘭，烹犬餉之。相約將邀安托同至，至則酒酣之頃，余當舞劍助興。今則弗能為矣）。

附李少白懷安托　二首

世路艱難甚。君方拄夢行。悲君尋醉飲。歌哭最深情。

一杖蹣然至。歡言酌春酒。含睇又宜笑。深情握我手。滿室和風生。

相忘世路陡。肝膽慰嘉朋。快意痛撫缶。君昔踏夢來。斯文期龍吼。

今忽駕夢歸。杜鵑啼空牖。論交廿載醇。論才高八斗。詩名未傳世。

經典合不朽。壯懷君詎酬。九泉頻回首。贈我以芍葉。短夢追何有。

無由聞歌笑。誰問將離久。

己卯春興　五首

野水鴨喧鬗。春花浦漵深。清鐘存杳靄。萬化此無聲。

平原飛落日。揚簸屑鎏金。歲月方無極。吾懷自古今。

霧氣生涼夜。人行似夢中。白虛多意象。所滿在其空。

良會多佳晤。嚶鳴自喁和。此間齊物論。晝夜起弦歌。

誰能耽飲酒?聊為盡君歡!春冷杯杓暖。休歌道路難。

南華夜飲

雖道山深好著書。友朋清話酒腸枯。小觥應許酬深斝。一洗頹唐見故吾。

曉林處夜談歸來作

燈前兀坐可憐宵。春雨無言倍寂寥。憶過要離談洗劍。默知文海泛新潮。崢嶸莫道豪俠傳。繁勝多虧美人腰。如此生涯如此事。苦聽君唱舊時謠（安托既逝，陳曉林邀高信疆、于東樓、南方朔、林保淳及余共話表彰古龍作品事，惓惓風誼，豪情不減。此皆古龍舊友，余則於其卒前曾訪問之，故第三句云）。

周純一琴曲

君嘗夜斲琴。更考太古音。所憑非藝巧。技存道者心。故又示我以大樸。蒼茫曲度生胸襟。鼓弦齊物論。浩歌水龍吟。聲中涵萬象。三弄碧雲深。南風之薰兮。葛天氏之民。龜山之操兮。寂寞之濱。

漆琴歌

莊生舊為漆園吏。樹桐梓漆游於藝。其時漆林之征充國用。丹漆雕幾肆美麗。千枚等諸千乘家。髹垸[illegible]填窮巧計。孟子又稱漆雕氏。不撓於物漆工裔。更聞楚地炫瑰奇。車胚紵胎有師隸。信陽今出古錦瑟。譎采恢怪世珍異。我兄刳木作瑤琴。乃欲殫思追其義。手自調漆別濃淡。指膏描油豈兒戲？更督生徒縹霞色。忽驚毒火入胸臆。灸刺丸散皆徒苦。煎洗樟屑和湯劑。方知工者勞。藝成髹飾非容易。灰堆嵌刻鎗劃金。一事能專即絕詣。復感君德寶此琴。吾愧未能為漆園之司馬，聊賦茲篇以為記（周純一教生徒製古琴，自斲桐、刳木、鉋光、鑿孔、合板、繫弦，均一一指授，並調漆釉之，乃竟因此得毒，久治乃癒。夫漆本古工藝，周禮載師云其時漆林之征，二十而五，足徵其為世所貴重。故漆園有吏、漆雕有氏。而丹漆雕幾之美，見於禮記；植千畝比於千戶、有千枚等諸千乘，亦為史記所稱。當時楚地漆藝最工，車胚捲胚夾紵胎銅胎木胎陶胎皮胎，俱優為之。近歲信陽所出錦瑟及馬王堆所出明器，皆奇美炫目。惜後世頗未發揚之也。今存論漆工者，唯明黃成髹飾錄一書，所載生漆有濃淡之分，熟漆有揩光明膏諸法，又有填嵌堆灰鎗劃描飾等。今純一乃為琴而漆者，他日曷逕以漆藝徒乎？）

附：通藝堂古琴記

漢陽有琴臺，為鍾期鼓琴處。道光間，宋湘嘗書草曰：「萬古高山，千秋流水，壁上題詩吾去矣」。蓋清韻久杳，徒留想望，故僅能悵然而去。漢晉以下，廣陵散絕；隋唐音旨，幽蘭獨存。至於白石道者之歌、句曲山人之律，尚考其技，疑義仍多，甚矣琴道之忽邈難蹤也。然而，七弦十三徽，一唱三嘆，吟猱注綽，豈無其人？戊寅仲夏，吳文光先生來校，率諸生操縵拂弦，從容指授。南風之薰兮，水仙之操兮，歌附朱絲，義兼比興，居然雅奏，足覘宿昔。周君純一復刳桐調律，教製古琴數十張，環佩生於九霄，遺音徵諸太古，欲制器而尚象，非得意遂致忘言。故雕鑿大樸，協和七聲，旋陰陽以轉調，叩寂寞而求音。余嘗佇思聽之，彷彿若登彼琴臺，妙響接跡於前修，弦歌如復見於武城。因漫誌之，以抒感焉。

恩怨

冷語傷情煖語烘。人間恩怨本來同。偶從筵歇思繁盛。喜我於今半啞聾。

知己

有客盤桓便恣歡。談諧清妙敵春寒。尊前任誕皆知己。一瞑覺來形影單。

己卯六月十六日作

世謂陳平能盜嫂。人云薏米久藏珠。人間公論原如此。何用嘵嘵辨有無。

禪觀

我學禪家白骨觀。觀知霞藻即瘡瘢。塵情割盡增煩惱。業力迴輪作喜歡。春雨春風春夜寂。人諛人嘆人語酸。無才便亦無災厄。堪說山雞是彩鸞。

事業

三載窮棲起大黌。經營事業破天荒。他年誰與評功過。說唱成均聚義堂？

附：成均館記

夫陰陽變合，造生眾庶；聖賢施化，聿興人文。鑿茲儵忽，豁彼顓蒙，故有明堂辟雍庠序黌校之設，而成均尚矣。《周禮》云春官大宗伯掌成均之法而合國之子弟，斯即古之大學也。大學之道，在明德知類，足以開物成務。其名為成均者，均，韻也，子曰：「興於詩，立於禮，成於樂」，取義樂成，以喻成人，其義深乎遠哉！丙子秋，星雲上人建此大黌，贊參化育。欲教德齊禮，納民軌物而合敬；序事致格，博學窮理以體智。上復大學之本而觀夫人文之美。故號此樓為成均館，原其始且徵其義也。戊寅冬日，補述厥事，刻諸貞珉，以誌其盛焉。

北行

奔南走北若雲移。流水生涯只自知。誰與楊朱悲岔路？未隨鉅墨染烏絲，因循中道添遊興。澹蕩荷風起退思。見說蘭陽飛海霧。往收日月鑄新詞（久居淡海，端來嘉南。為成均之館，建姑射之山。吾道南矣，我則北返。幸歧途之未惑，喜俗塵之不染。且將更赴蘭陽，再啟山林。因循中路，無義山之悲慨；秋風退思，等季鷹而自安。自喜自詫，聊為此篇）。

鬥茶

活火新添夜鬥茶。前庭暗夜燦曇花。老夫竊喜詩篇就。故與汝曹閑嗑牙。

題中華續道藏　三首

蕭史麻姑事久荒。壺天道業嘆微茫。莫從太古思雲篆。且集龍章作續藏。修繕叢殘徵符籙。網羅文獻貯縹緗。功成當問西王母。共醉神山幾萬場？

道書深秘絕人寰。老子騎牛亦出關。似我者泥耽者死。存之則厭有則刪。恒蹊脫略原如是。世俗沈淪遂不還。故爾聽吾一轉語。梯橋

方可渡雲山

從來道術隱無名。今日鉤稽出窅冥。經傳符圖紛粲眼。花枝根葉儀型。未從舊例稱七略。小以天機賦象形。堪說成編昭絕學。多君辛苦夜囊螢（高本釗先生委余主修中華續道藏，陳君廖安實任其勞，弗沿三洞四輔之分，別撮一經一籍之要，歷時六載，成刊初輯，感而賦之。高先生舊名劉修橋，故第二首末句雙關。第三首謂廖安兄）。

校勘

老夫燈下勘文字。恰似長街掃葉僧。葉落乃如春過雨。眼昏誰與夜呼鷹?魯魚豕亥都難考。經傳文言苦就徵。漸校漸煩而漸悔。明朝棄筆逛秋塍。

讀錦松新刊詩稿雜識

歸來寒夜試烹魚。魚腹驚人錦繡書。律苦情遙誰識得?春燈無語夢蘧蘧。

少日交遊意氣殷。快投詩檄破千軍。於今文字都弗省。淡著茶煙臥看雲。

蕊宮幽緒本來多。君既無言可奈何?我撫陳編傷往日。詩中歷歷見山河。

明潭煙水結深廬。櫛雨迎風氣象舒。每憶當年如此事。停車四顧語躊躇。

湖上　五首

湖上青梅生。湖上花子落。湖上見雙鳧。遊戲自依泊。

濕風吹梨花。綠樹生其芽。萬物欣春意。湖上有人家。

雨餘山勢重。雲來鳥亦無。忽然雲霧散。人在水晶盂。

寂寂玄光寺。久矣不聞鐘。但自迎春雨。一剎坐空濛。

湖上有春秋。人物有去留。雲生山水靜。無處不悠悠。

庚辰春夜返南華有感

春深酒冷可憐宵。清坐能酬夜寂寥。我亦當年伍子胥。欲懸吾目看
江潮（校園冷肅，無復舊觀）。
國士於今競論豪，宏圖憶說斬鯨鼇。孰聽海若談秋水？但坐春風颺
錦袍（今日主事者如此）。
小溪故水自潺湲。花落蟲鳴夜正喧。月出猶驚山鳥動。吾今煮酒炙
羔豚（夜烤豬，聞風來聚者數十人）。

豪雨中，行埔里明潭間，山崩水潦，感而賦之

積雨藏山霧宿湖。茫茫四野水滋濡，偶逢龍伯傾西海。待喚神兵造坦途。到處創痍無日夜。一時歌哭見榮枯。昔年好景今如是。廟謨微聞尚在乎。

雲起廔詩

上元王仁鈞署

雲起樓詩跋記

李瑞騰

鵬程之治學，原也是在古中國之經史文獻，做的無非是考據、義理、詞章。但他終於走出一條康莊大道，一方面是文學與美學，一方面是歷史與社會，而總歸之於廣闊的「文化」，而且出入中外、上下古今，以建構文化史為其志業。

大約從一九八八年起，鵬程不斷進出大陸，和大陸學界密切交流，那時他是淡江大學中文系主任，也是中國古典文學研究會的負責人。一個熟悉中國文化，對晚清以降的中國有深刻了解的臺灣學者，當他一次又一次踏臨改革開放近十年的中國大陸，一點一滴的去感受經過兇猛撕裂的大地，他的文化思考，遂從典籍文獻以及書齋之中，落實到曾孕育過璀璨文化的大江南北，這正是他後來願意暫離學園，就任陸委會文教處處長的原因。

鵬程曾經說過：「我從事文學評論、文化評論甚久，學術興趣在於教育與文化，亦關心兩岸文教事務，思有以重開『文化中國』之格局」（《人在江湖》序）。他縱橫談當代文化，便是以「文化中國的追尋」為起點，除了概念解析、檢討文化實務，指出當前之困境，更重要的是鵬程提出以臺灣為主體的文化之重建，一種面對現代化社會的處理文化之活動，是創造的實踐，主體性乃在這樣的活動中呈現出來。

多少年來，鵬程以觀察並反省現代化社會的教育與文化為其職志。這裡面重要的是觀察的廣度與反省的深度，他觀瀾而索源，不目眩於飛濺的浪花，總能於變遷中見其不變，於靜態中現其動狀，於是當代之大陸已發展成一個什麼樣子？兩岸關係如何？臺澳關係如何等等，他能看穿看清。於臺灣文化之脈動，通識教育施行之困，需濟之以人文精神；商戰歷史演義與社會現實有關；傳統文化與佛理教義皆與現代化社會企業之經營管理有關等等，雖有對立性存在，略可對話並整合。有沒有解決問題的誠意？統攝能力如何？以及是否有效的操作？能否圓滿成功，關鍵全在乎此。

鵬程持續追尋，他再度走回校園，以創造性的辨學為其實踐活動，乃發展出特有的人文管理之學，除擴大傳統管理學領域，也深化舊有的人文思考。姑不論其辨學在當下的台灣是否成功，其實踐之勇氣，已為他豐富的人生暈染更絢麗的色彩。回到學術領域，將會有不同層次的思索。

這樣一個人，他那一枝筆也是橫掃千軍，收放自如。猶記二十年前，鵬程初寫媒體短文之際，文白夾雜，有施展不開之勢。怎知幾年下來，駢散任我驅遣，便如轉丸珠了。他亦偶有古詩之作，我因走的是新文學之路，久已不習古典，也就不管他詩寫的如何了。

如所周知，詩因情而發，原是私秘語，料想鵬程之真性情應會在聯珠綴玉之際展弄出來。今讀他即將付梓的《雲起樓詩》，讀到這樣的作品：

昨夜秋江暗落潮
無邊風霞壓歸橈
歸來不解金貂醉
猶把書燈照寶刀

暗夜中落潮，船行江中必有潛在之危；無邊風霧壓歸橈，著一「壓」字其沉重可知，所謂「無邊風霧」指的當然是環境之惡劣，則其危更甚。最後總算「歸來」了，「不解金貂醉」可有二解：其一，不解的主體是敘述者第一人稱「我」，則其所不解是晉阮孚以金貂換酒的故實（「金貂」是漢時冠飾，阮孚為黃門侍郎）；其二，是「他人」不解，最大的可能是妻子，無法理解像「我」這樣的官，如何喝得大醉。「猶把書燈照寶刀」，「書燈」是一江湖，「寶刀」又另一江湖，一文一武的交會，唯在歸來的深夜最寧靜，孤獨的時候。

這讓我想起，在《猶把書燈照寶刀》的書之序中，他說：

我擔負了實踐理想的壓力，也荷載許多人情的重量，而事務之叢脞，更令我疲倦不堪。但疲倦的收穫是什麼呢？理想在折衝協調中扭曲或流失，情懷在歲月蝕磨下逐漸褪色或變化。有時燈下獨坐，細拭霜刃，真有江湖行遍，而頭顱輕擲之感，蕭索孤寂之意亦遂紛至沓來，觸緒生哀。

看來鵬程是有懷抱要抒，那恃才傲物的背後竟有一些自憐的情緒，有時故作灑脫，實則難免悲涼，讀〈壬戌春感十首〉、〈乙丑秋思十首〉、〈甲戌雜詩十首〉，我都很強烈感到他並不快樂。後者詩末有記，可能寫在陸委會掛冠前後，最足以證明。

我特別注意他赴南華創校以後諸作，是有那麼一點辦學的豪情，「中山小試乾坤手，今日吾儕亦孔丘」（丙子夏赴南華創校偶抒懷抱）；也有那麼一點避世之思，「為惜人間多翳蔽，故來山野種瓠瓜」（丁丑深秋……見訪有贈）；然而有時也不眠了，「年來羈旅成飛絮，是處生涯俱酒痕」（不眠，戊寅秋作），「有人眠不得，閑坐對空無」（南華雜詩）。最後他終於也走了，離開南華。這一定有極複雜的過程，應該也有詩，還來不及收入了。

王維的「行到水窮處，坐看雲起時」，自有一份空觀的清明。此際鵬程以「雲起」命樓之名並詩集之名，究竟是期待「風雲再起」？還是「富貴於我如浮雲」呢？朋友們都還在靜靜地觀察著。

附錄

喜聞鵬程賢棣榮登甲等特考榜首　申慶壁

蓮華香滿觀海樓。掄選博宏第一流。巧遇虎年登虎榜。樂聞龍躍列龍頭。立言立德均機會。有守有為不忮求。願展聖時聖任翅。政壇學海自優游。

讀龔鵬程第四十自述　張夢機

託郵書史到閑軒。風雨連朝信手翻。健筆時時生博議。前塵一一入詳言。含情零夢能生憶。破寂秋晨每及昏。知汝搏扶有雙翼。高飛萬里杳無痕。

湖屋賃就再邀鵬程　　簡錦松

朝看微陽山外山。短桃潭水憶紅顏。早時高臥柴扉靜。點也罷彈崖日閒。屢夢江湖歸共載。三春花月與同看。呂安兩地無多路。命駕何妨一往還。

冬日憶鵬程　　簡錦松

隔宿潭雲抱曙還。鐘聲未盡遠峰殷。何人閑似君能賦。千樹疏知歲更寒。湖上葵花迎薄日。冬來詩興壓連山。未妨吟就無真賞。郵驛相傳得共看。

偶得小疾懷鵬程　　簡錦松

厚地寬天跼不平。維摩詰果豈前生。高林終夜如長歎。皓月當樓似有情。已忍兼旬仍臥病。早知畫餅誤成名。朱燈暈影分明瘦。摩骨雙肩始自驚。

懷龔鵬程　　簡錦松

龔生才過我。深趣我頗同。寥寥少年傑。叱吒汝最雄。議論河漢奇。鍛詩甚精工。久怯問消魚。一念長纍胸。

國際漢詩研討會上聽龔鵬程教授主講成此奉贈　梁建才

才華橫溢早登堂。滿腹經綸濟海疆。星斗光輝恒照煦。鯤鵬氣宇忒軒昂。搜奇超越神遊遠。稽古通微剖析詳。理性品詩欽灼見。天聲地籟盡悠揚。

用情

我入大學，在民國六十二年秋天。剛從成功嶺受完軍事訓練回來，便扛了一包鋪蓋，搭火車去淡水。

在去淡水時，我正盤算重考的事，想先讀一年再做打算。搭上了火車，一路晃呀晃地由台中到台北，再從台北轉車，搖頭晃腦路迢迢，氣悶不已地過了北投、忠義、關渡。忽然，火車穿過了一個不太長的山洞。光線乍暗復明，我忽感覺天地驟然闊大了。急忙趴在車窗上一看，呀！河水汪汪，從車身邊上一直漫到與天接壤的地方。鐵道沿著河繞成一條弧線，也一直沿伸到天邊。河面上立著一座山，山不甚高，亦未見得多麼雄奇秀麗，可是襯著水光，青綠浮漾，雲就鑲在山腰上，河面顯得分外靜定幽美。我愛上了這河，也喜歡這山，重考的事，就不再去想了。

生命中美感的判斷，往往決定了許多事。

我到淡水以後，尋路上山。學校乃在山上。石階有一百多級，以青石塊疊成。往上一看，石階頂頭上只有白雲，沒見到什麼黌舍棟宇。階梯旁蒼松蔓藤雜草叢生，厚厚一層苔鮮，雖有花花綠綠的迎新海報四處張貼著，也掩不住那種鄉野的拙稚的表情。費力扛著鋪蓋，揮汗爬完臺階，才看見校園。

先是一排宮燈道路，兩旁舊式的宮殿式平房。燈柱漆成白色，減去了俗艷的感覺。房屋在花叢樹木裡，只露出灰色瓦頂和一些暗赭色的牆面，木條窗櫺、紅色的廊柱。整個校園之全景雖然還不清楚，但我已很滿意了。就是這樣一座校園，這樣的山、這樣的河，以及山河邊上的海，讓我留了下來，而且一呆就是二十年。

我當時自然無法逆料到這些，我先要解決我的學籍問題。因爲我考上了德文系，但我想轉讀歷史。恰好我國文分數甚高，依規定可以轉入中文系，也只能轉入中文系。於是便去註冊組找主任。他要我坐在房間裡等著，他替我直接辦好了一切手續，我便逕入中文系就讀。

中文系主任是于大成先生，他也是先考上淡江外文系後轉讀中文的，獲台大文學博士後才返校任教。清癯彬雅，但博聞強記，多藝自負。新生訓練第一天與我們見面，即說：「歡迎各位，我叫于大成，想必各位對我的名字都已如雷貫耳了吧！」我大吃一驚，既震於其自負，也深爲自己孤陋寡聞感到羞愧。

因爲我生長僻鄉，每日來往所見，無非校園與書本。雖偶讀雜誌報章，但耳目仍極隘陋，心胸見識亦不能到某一層次。對于先生當時正在中華日報與人大打筆仗，談中文系之前途，以及他正主持華視國文教學節目等等，均一無所知。而且不只是對于先生無所知，對整個中文學界、中國文化研究及發展等，實亦毫無了解。于先生甚自負，我也覺得我很不差。然而于先生自負是有道理的，我一無所知而竟猖狂自負，豈非無聊？

這種體認，當然也仍是感性的，是意氣受了激盪，才有所感發。但感性鼓盪的生命，並未因此而沈潛入理性領域裡去收束，而只是繼續表現著負氣恃強的脾性，又同時背負了自慚自懼的感受，在生命內在形成緊張、造成壓力。以致面對人群時，我刻意顯得任性使氣，驕才自喜；面對知識、世界和眞實的生命，則侷促不安，自愧淺薄渺小。這種緊張，壓擠著我，把我推向一個荒遠幽邃的境地，讓我去感受存在的痛苦與衝突，又使我有了不斷探索前進的驅力。

此生命之「興於詩」而不能「立於禮」也。我入淡江，在校園中獲得了生命的滋潤與開顯者，便是此詩的感興。無論是長河、落日、宮燈、瀛苑草坪、牧羊池、或生活中的各種觸接，都帶給我詩的美感。例如早晨起來，校園中露氣液澤的薔薇花叢；清夜雨後大樹底下彈撥古箏的女子；夕陽斜照的瀛苑樹幹上，不斷往上爬，準備爬上去蛻殼的蟬虫，均使我沈浸在某種氣氛中，漸有芬芳悱惻之懷。淡江中文系的師友又優容放縱我，讓我在此中生長。這就像草木，自然的生命，獲得了陽光、水和土壤，便自然生長起來。倘無風災虫害，漸漸就有了姿態、漸漸就長成了大樹。這些樹木自具體格，枝幹搓枒，橫斜怒立。當然未必均足以爲棟梁，因爲它畢竟缺乏剪伐修治。但其自然清新之趣，亦不可掩。這時，我剛從考試的體制中勉強竄脫出來，「病梅館」中羈絡綑束太久，全憑天生一點清氣剛氣甚或戾氣，才挺住了生命，乃竟恰好淡江的感性世界與我孚應了，我遂從此得到了恣性生長的機會。

興於詩的生命，在表現其生長時，當然也將表現爲詩。

其時中文系在宮殿式建築中占有一棟，共三間。中爲辦公室，旁隔一小間爲工友住處；右爲教室，左一大間又隔爲一研究室一圖書資料室。蓋當時正準備辦中文研究所，故系中立了一個研究室。聚了許多書，也集體注譯了《文心雕龍》。我幾乎每天都鑽進這個研究室去看書，與工友混得極熟。他是位老榮民，口音很重，一般人聽不懂他說啥，我能跟他扯扯，他自然很高興，常開門讓我看書，也允許我把書搬回去讀。後來我發現他房裡才是寶，裡面藏了一套藝文印書館的《百部叢書》。

我在大一時主要就是啃這些，幾於飢不擇食。過了寒假則開始注解《莊子》。在研究室裡坐的主要是王仁鈞、韓耀隆、王甦幾位老師。王甦老師正在校《宋書》，王仁鈞老師是研究莊子的，他們都對我很優容，任憑我胡搞。我注的莊子稿，想要印刷，王老師還讓我以他的講義爲名義向學校申請。他們知道，這個時候我所需要的是鼓勵和寬容，所以並不強加指導，除非我自己覺得需要他們幫助。

就這樣恣性蠻幹了一陣，我的感性生命漸漸集中到詩這方面來了。所謂「聾人也唱胡笳曲，好惡高低自不聞」，沒事就試著綴幾句，也試著整理我對詩的意見。在大一時寫了篇論李白的文章，翻案抬槓，硬說李白是愛國詩人云云。大二時則發表了〈笑庵說詩〉一文。笑庵是相對於哭庵易實甫而來，彼以人生爲可哭，我偏要以人生爲可笑。這樣命名本身就很可笑，亦可看出我那種少年恃強激矯的性格。不過詩論與哭或笑並沒有關係，乃是綜合我當時對詩的理解而成。許多見解，係摭拾古今詩話詩論編織融裁，但亦有心得語。

例如我說：《詩經》以後，詩之流別甚廣，錦句瑤章，絡驛間出，變化甚多，今後作詩者應何所取法呢？我主張：「處於今日，當獨具隻眼，溯流而上，循末返本，以通其源，以達其理」。然則，詩之本源是什麼？依我看，就是情感。所以我說：「哀樂之心感，而歌哭之聲發。喜怒之情瀉，而傾抒之篇作。……詩者，緣情綺靡，本吾人心靈感情之表見」。由此觀點，我一方面強調詩應該是「必先有所觸以興起其意，而後措諸辭、屬爲句、敷之而成章」，不能爲文造情，更不能騙人，寫出「舍弟江南死，家兄塞北亡」這樣的句子。情要眞，不能妄想揣摩。另一方面，我也明白只有眞情也還不夠：「有其情焉、具其感焉，質直敷陳，絕無蘊蓄，以質木無文之篇，而欲動人之感，難矣！」所以我又主張用暗示與象徵等手法，去達到含蓄緜邈的意味。同一種感情，可以有很多種寫法，而重點在於刪汰陳言。如何去除陳言淫辭以及膚淺的思想呢？依照我循末返本的觀念，那當然只能從作者多讀書多思考處著手啦。如此，詩發乎性靈，而其成就則在乎學力，故文章末尾以才學結合爲說。

此文利於《淡江文學》第六期，約七千字。文字華贍，理論上也還能自圓其說。當時教我們詩選課程的，本是劉太希先生，因憚於跋涉，辭去，繼任者爲張夢機先生。夢機師看了這篇文章，很喜歡，對我多所鼓勵，我也從他所寫的《近體詩發凡》中獲益極多。

事實上，夢機師的教學，雖以講授詩法爲主，但感發之處，乃在性氣而非理論。先生豪爽詼諧，理平頭，壯碩如橄欖球員，菸癮很重，吞雲吐霧，望之殊不類「詩人」。然其氣質、其生命，實爲一不折不扣之詩人，纏綿易感，悱惻多情。晚近病發，中風數載，又遭父喪並賦悼亡，歷人世之苦痛，口瘖足痺，談諧俱歇，但洗盡一切，還歸詩人本色，作《藥廬詩稿》數百首，讀之肅然。如此人物，本身即爲詩也。故其教學，彷彿坐談，沈浸在一種詩的氣氛中，知此即爲詩，但不確知詩法爲何。夢機師學生很多，均能知詩之美感、得詩之趣，然能循其法度，作詩，成爲詩人者則甚少，殆以此故。

實則夢機師之詩法，承自李漁叔先生，具詳於其碩士論文《近體詩方法論》中，後出版易名爲《近體詩發凡》。大抵係歸納整理古來傳統詩法而成，似修辭學之條例法格，而實另有淵源。如以「桃李春風一杯酒，江湖夜雨十年燈」爲實字健句，謂其多用名詞字，可令句法健實；「時方隨日化，身已要人扶」則爲虛字行氣，謂其句意靠虛字騰挪，詩意可顯得較爲曲折流盪。凡此等等，對我幫助很大，使我得以具體分析詩句寫法的不同，知烹字煉句之法。參照著夢機師送給我的他之《師橘堂詩》，讓我不只能純從感情層面去討論詩歌，也能具體探討詩句的文字構成。故又試著寫了《雙照樓談屑》等幾種詩話。現在偶爾從舊篋中撿出翻閱之，還能感覺得到那疎野縱放的氣息，還能令我遣味那擁鼻高吟、自命爲詩人的歲月。

夢機師時仍主持大專青年詩人聯吟大會，我也在學校組織了一個淡江詩社，參加者有書國符等人，我們辦演講、參加詩會，好不熱鬧。偶上陽明山參預中華詩學研究所吟席，得親近文壇長者，與聞老輩掌故，擊缽射虎，更增添了不少詩興。

六四年參加聯吟大會時，適逢蔣中正總統之喪。前一晚，震雷暴雨，爲平生所僅見。

清晨坐車往台北，始得知其惡耗。詩題本是「陽明山賞花」，當然也就改爲悼念了。這樣的題目，我們小孩子怎麼作得好？所以詩會乏善可陳。但下午辦了一場演講，我談黃鶴樓詩、師大由簡錦松代表，他也講了一題。講畢，有一人來找我，跟我談王船山的《薑齋詩話》。隨後他來淡水山中找我，另邀了李瑞騰來。瑞騰正在文化大學讀書，也是夢機師的學生，但以浸淫現代詩爲主，與我之路向原本差異甚大。然他一眼即看出我論詩語多受《文心雕龍》之影響，遂相與論文學批評事。使我大開眼界，始知有「文學批評」這門學問。

因此，以詩會友，既使我能參與老輩詩人文宿的燕集，增益聞見，深入體會他們那一代人的思維性氣及對文學的態度，進入那個傳統中；又讓我得以結交文學事業上的朋友，一同奮鬥，實在是難得的收獲。站在人生旅行車前徘徊的少年，終於摸著了一把鑰匙，打開車門，駕著車子，向前奔馳了。

此時課業導師是申慶璧先生。申老師號完白，又號申如。是雲南的國大代表，並任校長張建邦先生之祕書，負責文稿，乃極肫厚極誠篤之長者。對於三民主義有眞實之信仰，對地方自治曾積極地推動，對教育極爲認眞負責，對學生至爲關愛，是我所曾見之完人。爲人與行事，無一毫可議。他愛護我，憐我家貧，除鼓勵我寫稿，幫我發表外，並要我向學校申請一種特殊的獎學金。

這個獎學金不是以課業成績申請的，而是提出論文大綱，由學校同意後撰寫論文。得了學業獎的人也還可以申請，所以我可以再得到一分獎助。當時學術論文寫作還未形成風氣，直到民國七十二年，教育部調查全國私立大學教師，尚有七六・四%的人從未發表過論文，何況是大學生？何況是在民國六四年？故此獎學金一向較少人申請。但申老師鼓勵我寫，他擔任指導教授，題目是「謝宣城詩研究」。我大約寫了六七萬字，搜集了許多版本與資料。有問題則去城區部校長辦公室或新莊他的寓處找他。論文當然寫得不好，因為缺乏經驗，尚不能處理大篇幅的論述。然此經驗甚可寶貴，申老師也很保護我，使我以後對於論文寫作不致望而生畏，有勇氣進行更艱鉅的論文嘗試。

不過，研究謝宣城，使我認清了我對詩的理解其實還很膚末。我所能掌握的，只有從夢機師那裡學來的一些近體詩詩法而已。漢魏之高古、齊梁之選體，我都難以措手。只零星選讀過一些名篇，想探索一位詩人，也尚欠本領。這時，我遇到影響我極的張之淦老師了。

張師字眉叔，號遂園，湖南長沙人。在蔣中正先生侍從室秉文事甚久，後出，任職於中央黨部。才華高騫而識解明達，久歷官場卻不失赤子之心。非今日之所謂黨工所能望其項背。在淡江兼課，講授《戰國策》及歷代文選有年。我升大三時，老師忽擬開講《呂氏春秋》和李義山詩。學長諄諄告之，囑我們一定要去上。然因與其他課程衝堂，我僅選了李義山詩。後來陸續又修了老師的東坡詩、六朝文等課。

張老師上課，準備極周詳，說解極深入，引經據典而趣味橫生，所以縱使聽不懂也十分歡喜。聽懂了，那就不是懂得了有關李商隱或蘇東坡的某句詩某件事，而是懂得了一種做學問的方法、一種觀察事理的角度。所以他教學能隨人性分心量而令其皆有所得。他本身詩文造詣又極高，故聽他講書，便如他和東坡義山等人談詣論藝，而我侍坐聽之，其感受自與一般泛泛講說不同。

在第一次期中考過後，老師找我去談，並命交詩文來看。我遵囑抄繕上呈。老師說：「很好，但可以再動一下，你下禮拜再來一趟」。下周課間我便去教師休息室找他。只見我的詩稿已遭大紅批勒，竄易刪改，幾無餘字。老師並有長篇批注，教示作詩法門。我很羞窘。因爲向來老師們都說我了不得、有才華、詩文出眾，不料在張老師面前竟是如此不堪。張老師詳細替我看病，開導解說一番，並要我拿回去修改，改好後，下周再來複診。我拿回詩稿，回家苦苦翻修了一個星期，才再送給眉叔師看。老師說：「有進步。放我這兒，你下周再來」。下禮拜去，又已改得一塌糊塗。然後告訴我，爲何如此改、爲何此處仍不妥穩、應如何運筆、如何轉換思路等等。有些地方我仍不明白，但我相信他必有道理，遂回去繼續苦思其理，一再試作。如是者，數載。

這是我在課堂之外獲得的額外指導。眉叔師待我，則如子侄。我很慶幸能有此伐毛洗髓之機緣，也慶幸當時自己沒有狂妄自是，而能誠心接受指導。自然之生命與才情，經此整束，始能斂才就範，始略知爲學之規模及成學之甘苦。

後來我也常想以眉叔師栽培我的方法，用在一些學生身上。可惜這些朋友，無我之才華，性氣兀傲則勝於我，以致承教者往往不堪教誨，堪教者又往往不願承教受訓，我實深感遺憾。由我的體會來看張老師，我乃漸能了解他爲何在我身上花這麼大的心血。有次他曾對我說：「我非有愛於你，實是感到人才難得。我爲國家惜人才。也希望你善自努力，不要自己糟蹋了」。我聞之瞿然。

從眉叔師處，不僅錘煉了詩文，也懂得如何深入去理解一位作家。這並不是件容易的事。平日我們講「了解作者」，講得很輕鬆，好像不是什麼難事，但眞正做學問可不是如此。《孔子家語．辨樂》曾記載孔子跟師襄子學琴的經過。孔子學了一段時間後，師襄子說：「可以學新的了」。孔子說：「不行，我只學得曲子，拍子還不準確呢」。又過了些時候，師襄子說：「拍子行了，可以學新的了」。孔子道：「不，我還沒把握其中的主題哩！」再過了些時日，師襄子說：「可了吧？」孔子答：「還不行，我還沒能深刻地理解作者呢」。再過了一陣，孔子才說：「我現在摸索出來了，這是個有深邃思想的人，難道是周文王嗎？不是他，還有誰能作這樣的曲子呢？」我不是孔子，但現在學詩，似乎也經歷著同樣的進境。

除了能深入理解作者之外，我對唐宋詩的風格也有較多體認，後來我對宋詩風格的研究，主要奠基於此。但眉叔師告訴我，要學詩，不必從唐宋學，由晚近詩家入手較易見功，因爲時代太遠、境界太高的作品並非初學所宜，因此借給我許多晚清名家詩集，如鄭海藏、陳散原諸先生詩。這些詩集上都有他的眉批，指點詩法，度人金針，我從中得益匪淺。後來我主編《國文天地》時曾摘抄了一些刊出，足證我之所言，並非阿私所好。這些晚清民初詩家，本身詩文就很值得研究，而其來往蹤迹、出處進退，亦關涉時事朝局，頗饒掌故。我對他們當然也大感興趣。鑽研下去，實有意想不到的收獲。

因爲張老師當時已把我的詩稿拿去大華晚報發表了。主編大華晚報「瀛海同聲」詩欄的，是江絜生先生。江先生爲世家子，曾獲交朱彊村。來台後，每周在西門町「夜巴黎」聚會，邀人談詞，前後凡十數年。辱蒙他賞識，認爲我的筆性若作詞會更好些，曾託張夢機老師帶我去峨嵋街他寓所，意擬收我爲徒，教我塡詞。

我甚感其盛意。但記得眉叔師曾告訴我，他早年學詞，曾經嘔血，我深於哀樂，作詞恐損年華，故不准我塡詞。只好婉謝先生盛情。可是，類似江先生這樣，欲將其獲授於朱彊村者轉授於我輩身上，這種心情我是了解的。我與這些老輩交往越多，越能感受這種心境。當然，也因爲這樣，我對朱彊村他們那個時代也就越有感情。

這樣的情形很多。例如眉叔師有次命我去拜訪王開節符武先生。王先生與陳蒼虬家世交好，又任俞大維先生記室甚久，坊間所見俞先生之題署，多出王先生手。我去與王先生談後，王先生把許多資料借了給我，也把他抄的周棄子先生詩送給我，並索我詩文交給周先生看。我因此得識周先生，亦較了解晚清及僞滿一段史事。王先生與俞大維家族交非泛泛，俞先生家與陳寅恪家又數代姻婭，因此我也頗得聞俞恪士與散原翁等之事蹟。眉叔師很喜歡散原詩，曾擬作注。當時商務印書館的《散原精舍詩》則是周棄子作的序，俞大綱先生亦曾景刊一種散原詩稿的手寫本，俞先生本身的《寥音閣集》則頗深於義山冬郎⋯⋯。這些，編串在一起，形成一種特殊的網，史實、掌故、人物、詩文，左穿右斜，串組在一起，然後旁涉到陳寅恪的史學、陳衡恪的文人畫、鄭海藏沈子培的書法之類的問題，滾成一團。從每一點切入進去，都可以旁交錯午地勾聯結合起來。

這對我的吸引力太大了。這是具體的、整體的歷史，而此歷史又非純由理智知之，乃是在各種親疏遠近人情交會中逐漸浮顯出來的。所以它們對我而言，都不是理知的客觀存在物。我讀陳寅恪或其他某某，總會想起許多事，會有許多情誼感會生於文字之間。

何況我對晚清本來就格外熟悉，康有爲章太炎等人之學術，對我實有說不出的親切感。而康是嶺南詩家鉅子，章則代表當時力追漢魏之風氣。其他每個學人的詩也都很可觀。因此整個晚清詩壇，不但糾纏著我個人的師友情誼、感性聯結。也可以跟我對彼時社會政局學術思潮的關切緊密結合起來，形成一個整體的了解與感知。這種感知，不是從排比資料、輯葺文獻上客觀考證史事，或從思想體系、觀念與邏輯方面討論學術及思潮的人所能知的，也非純粹賞玩詩篇俊語者所能夢見。實際上，當時學院裡研究近代史的，沒有一個人研究過詩；講晚清文學史的先生也只曉得幾本小說。此等境界，自然是無人能到的。

我既以特殊機緣而對晚清詩與詩家大有感知，乃發憤寫一部《近代詩家與詩派》。大四開始寫，寫了一年多，成稿二十萬字，後來又重寫了一次。收集及經閱之詩集史料，自謂並世罕儔，有些材料從未被學界發現使用。如《樊樊山集》數十冊，本係東北大學委託國立師範大學收藏。我想法子借出，再請王開節先生交文海出版社影印出版。《今傳是樓詩話》也是不知從何處覓得，再設法出版的。這些詩集詩話，在近代不獲重視，故多佚散，也乏人研究。我四處搜討訪求，有時以單篇論文董理，如陳蒼虬的詩集有幾種刻本，我做了些比較，刊於《學粹》雜誌。有時我會做點敘錄，如劉師培《左庵詩錄》、溥儒《寒玉堂詩集》、巴壺天《玄廬賸稿》……等，均有敘錄，以〈靈香偶拾——啜霞堂讀詩記〉爲名刊布。這些東西，零零碎碎，但對我的總體論述甚有幫助。

這部稿子，對晚清詩壇的理解，太受陳石遺、汪辟疆的影響，於今視之，並無太大價值。不過，它也並非沒有可資參考之處。十五、六年後，我曾摘錄其中一部分，刊於《中國學術年刊》，可見它還是有點「學術」價值的，現在又過了五、六年了，學術界在此，亦無太多進步可言。

但這並不重要，我所看重的也不是這篇習作的什麼觀點、論證或考訂；而是在書寫著這些人物時，我的許多感受。

晚清詩人處在一種特殊時代場城中，感國族之淪胥，傷文化之裂滅，茫茫沈哀，流漾於其詩詞之中。而他們，無論是佯狂玩世的湘綺老人、被慈禧斥廢的陳寶箴散原父子、任溥儀師傅的陳寶琛、當溥儀后婉容師傅的陳蒼虬、爲僞滿州國總理的鄭海藏、長歌當哭的易順鼎、不見容於國民黨的革命元勳章太炎、保皇復辟尊孔的康有爲、忠君自沈的王國維、遯身黃冠的清道人……。他們多是遺老，對民國缺乏認同。而他們的人與詩，也迅速地在民國和五四新文學運動中被遺忘。在自我放逐與遭受放逐之間，銘刻著一段淚痕斑駁的歷史與一些詩篇。它們壓在時代的底層，就像昆明湖底的劫灰，訴說著天火劫燒，萬念俱灰的悲哀。翻動這些歷史的劫灰，我可以看到國族亂離崩析的痛楚，可以感受到文化淪滅的驚恐，也可以體驗人生存在本質的哀感。這些都震盪著我。尤其是生命無端的哀感，王國維所說的那種「人生過後唯存悔，知識增時轉益疑」，觸動了我少年易感的靈魂。我本是個哀樂無端的人，會無端莫名地傷感，而這些詩家慨痛國亂離。文化淪滅的言辭，乃又恰好提供了我傷感的材料，所以生命本質性的悲哀，和時代文化衰亂的感受，滾動扭合在一塊，充脹胸臆，憂生念亂，感時傷逝，徬徨痛苦不已。

我沈浸在這種痛苦之中，品嘗著痛苦的折磨，晚清詩人的沈哀，漸漸化爲我生命的一部分；他們的文化態度，也構成了我面對我自己時代的姿式。如陳寅恪所詮釋的王國維一般，擁有一種文化遺民蒼涼之感。我當然不會自沈於淡水河，但我對這個時代是憤激不滿的。對世俗是難以苟同的，對文學和文化，我所認同與精擅者，也正是與這個時代背道而馳的東西。

因此，我乃成了個文化上的遺少，與晚清這一批詩人有著複雜的、深沈的同體感。也就是在這樣的感受中，逐漸形成了我的理解，也形成了我的方法論。

容我對這幾句話再做些解釋：

在自然生命之成長期，我雖稍就礱治，但不僅未喪失我的性氣感情，反而是藉由詩歌，條鬯暢發了我這種情性，也深化了它。情感從自然生命的層次，貫連於總體人文及存在領域。個人才質性氣，與文化相感互應，融爲一體。所以形成了文化的同體感。對文化的護惜，就與面對自己一樣。我對文化的理解，即建立在這個基礎上。對許多具體的歷史文化事務，我並不見得十分清楚，但我自信自覺最能了解它。那是一種對老朋友老狗式的了解，極其熟稔、極有感情，而且也是生命中不可切割的部分。我講說、應會之，不須要什麼道德勇氣、文化使命、責任擔當、知識學問及其他一切理性法則。那些，正是外界用以認識或稱許我的，而我從來即明確地知道，我與它們了不相干。

但詩人的生命並不只是文化的，他還經常處在非理性的境域中。要在其中畸裂、在其中沈淪，在其中感受人天破解、神魔同在的痛苦，要體會生命的存在與不存在，要試探罪惡邪妄和道德的邊界，要體現原始性氣的欲求，要傾聽一切生活世界微細的聲響。心境往往蒼涼，情緒輒多惘惘。偶或清狂，實則憂傷，踽踽獨行，在寂寞之鄉。

這是不可排遣的孤寂，也是最深沈的自我。我的詩歌就多半顯現了這種氣息，如「苔痕未許尋行迹，茗榼寧能慰惋傷」「徘徊聽襯冥冥雨，寂寞回添悄悄燈」「深杯微影忽成幻，入水枯魚不擇流」「我爲傷春眞惘惘，猶來三界落花中」「自喜清狂成久客，莫教惆悵負新醅」之類。溺耽於這種惆悵寂寞中，少年的我，遂顯得格外老成、格外孤傲、格外陰沈。而這個地方，也是我與他人不能溝通的最私密部分。在此中俯仰歌哭，自喜、自憐、自嗟、自傷、自負、自怨，孤往獨尋，並與遙遠的古代某一孤獨之靈魂相契會，即是我所品嘗得到的最大人生樂趣。

佛家論修證，加達磨所云，有所謂「二入四行」。二入者，謂有行入與理入兩種途徑。我則如上所述，既非行入亦非理入，乃是感入。感此生涯，哀此時世，遂即以我之所感，感昔人之感，又以昔人所感，應和我之所感而已。因此，我論歷史的理解，完全不相信客觀及史料之方法論，強調歷史的解釋會與解釋者存在的境遇感相結合。

這一點，在我後來的學術論述中發揮甚多。說明其理據時，有時會參用西方詮釋學等各類講法，但我並不是受到誰的影響才這麼說的。我的理論及理論之所以提出的原因，更與其他人都不相同。甚至於，我也可以說：感生涯、哀時世，隨吾所感，發爲詩歌、寫成文章時，爲說明我之所感，這些文章當然要尋求理證、鋪陳體系，但基本上仍是緣情，仍是興於詩。理論未必周圓，說解不免掛一漏萬。可是這其中有眞實的力量、有感興，而不是講形式、套理論、裝派頭、湊聲口、賣弄身段。這才是我的長處，以及本領之所在。在要求客觀理性的場合、在講究儀度規格的學術論文中，我也從不忌諱表現我的情好愛憎，或用理性的方法去抒情、以抒情的態度來講理。這樣，當然會替我引來許多懷疑和批評，可是那又有什麼關係呢？「眾人皆欲殺」之際，也正是我「我意獨憐才」的時候哩。

興於詩而又表現爲詩的歲月，就是如此才華騫舉，意氣感盪。我不曉得是否別人讀詩學詩也會弄得如此複雜，但我常感到我的許多行徑在冥冥中契合了一個聲音，那就是：「子曰：小子！何莫學夫詩！」

是的，我聽到這聲誥命，也在這場學詩之旅中開啓了生命的初航。若不學詩，我眞是要「猶正牆面而立也」。

雲起樓詩話

詩話新聲

牛津大學出版社中文部，近來業務興隆。在大家都拚命想辦法進軍歐美圖書市場或購買歐美版權之際，逆向操作，反而在華文市場迭創佳績，很值得注意。

在最近所出一批書中，羅孚《燕山詩話》，無疑也是屬於逆向操作的一類。這年頭，誰會出版什麼詩話呢？台灣、香港，過去可能還會出這類書的書店，如商務、中華等等，現在均已久不彈此調。孰料洋學堂之出版社反倒推出來了？

書印得很古樸。封面作木紋色，題簽選用四個魏碑體字，尤其古拙蒼樸。內文廿三篇，從胡喬木對〈武訓傳〉的平反，談到天安門六四詩篇，全以大陸近年文人之舊體詩作爲對象。

羅孚爲何許人，台灣讀者大概極少人曉得，但此公在香港可是個聞人。早年由中共派駐香港，從事文化工作，負責大公報等業務。地位既高，兼以績學博聞、文采斐然，頗具時望。後來據說得罪了廖承志，被控爲美國間諜，就逮回北京問罪。又因查無實據，終未入獄。但從此竟被限制居住於北京，先後十年，近歲始返香港。

所以他說他的北京十年是詩的日子，不是日子過得像詩，而是頗有閑暇讀詩。而恰好文革以後，人們感事抒懷，往往都見諸舊詩，故本書也以舊詩爲討論對象。話詩，而實論朝局、談世變也。

這裡面，有許多原先不爲我人所知的掌故。例如四人幫坍台時，原來大陸上曾流傳著一些詠四皓的詩，諷刺馮友蘭、魏建功、周一良、林庚，說他們曾附和權貴，宛若漢初的商山四皓。又如說毛澤東曾有詩告郭沫若：「勸君少罵秦始皇，焚坑事業待商量」，後來的人卻另有詩說：「坑士焚書事可傷，至今人厭說秦皇，孟姜祠下車如水，始信英雄是女郎。」又如王力有〈五哀詩〉詠文革期間老舍、吳晗、翦伯贊、周予同、劉盼遂之慘死，詩注說劉氏「被打死後，屍體又被倒栽在水缸裡，說是自殺的」等等，都足以備掌故。

我於十年前，赴北師大座談。北師大前身即輔仁大學。聊起來，我說前一天在北京琉璃廠海王村訪書，找到一冊詩集，乃劉盼遂先生藏本，上有其印記與批校語。座中一人便流下淚來，說劉先生是我們老師，死得好慘；他的藏書全給送去做還魂紙了，沒想到龔先生您還找得到。言下不勝唏噓。

此即詩心也！憤悱惻隱之心發於中，故能對文革這類倒行逆施之事歌哭詠嘆之。諷四皓、悼五哀、而批老毛，均本於此。暴政之下，詩心畢竟不死。羅孚此書，殆爲見證。

詩心不死的另一個例證，是天安門六四詩篇：「解放卌春世轉旋，依然無奈是人權，諸生伏闕眾生起，一老垂簾七老顛」「秀才請願渾閑事，我有家兵姓鄧楊」「忽然動亂忽然暴，賜爾刀兵賜爾災。四五奇談今再現，廣場無血染塵埃」「庸相權傾天下日，黎民淚盡太平年」等等，俱皆可觀。

不過，詩話終究不是政論，本書雖誌世變、傷政局，它最讓讀者感興味之處，其實是由此可看到大陸上文人知識分子的生活與心境。在大動盪的時代，他們「生正逢時」（它形容吳祖光的話），只好頂著逆風拚命向前。在向前挺進之際，或書憤放歌、或滑稽打油、或自嘲廢退、或自喜兀強。有許多佳句，讀來可以破悶，可以解頤，亦可以抒憤懣，於古今詩話中實可謂別具一格。

其中亦頗論詞，如黃苗子〈西江月，題醉鍾馗圖〉云：「嫵媚偏憐臉暈，風流愛露胸膛，慨慨病酒似嬌娘，只是鬍鬚不像。　妹子嫁歸香港，孩子走讀西洋。妖魔鬼怪任披猖，老子醉鄉放蕩。」譏高官法憲昏聵頹唐，用思甚巧，詞亦詼諧。

這類詩詞，可讓我們對大陸文人有些與過去不一樣的理解。台灣大概也有這樣的作品，也可以寫出一本類似的詩話吧。且待我搜集點材料，再來談談掌故。海內詩家文宿，倘有吟稿，亦請提供，以便採摭。

八十八年七月二十一日聯合報

艷情詩的魅力

南京的江蘇社科院鍾來因先生，示我錢鍾書先生與他論學之函札數通，均未曾發表者。其中頗論王次回詩。認爲次回詩甚佳，但非李義山無題一路，而是韓冬郎香奩之流裔。韓冬郎體至宋已成絕響，入明方有嗣音，至王氏《疑雨集》而出類拔萃。清孫子瀟《天眞閣詩集》繼起，更有出藍之勢。如此論王，頗有獨見，彌足參考。

王次回所作多爲艷體詩。這樣的詩，在從前常是被認爲其體靡弱、其志亦涉於淫蕩的。故王氏名氣雖大，眞讀過他的詩的人，其實並不多。一九八四年金克木在《讀書雜誌》上撰文論清詩，就曾誤將王氏列入，不知明亡時王氏早死了。可見其一斑。

《疑雨集》，上海涵芬樓有侯文燦注本，錢先生謂其「淺陋」。對掃葉山房丁秉衡注本、浙江抱經堂注本，則大概並未見到。但對錢牧齋之評，卻頗不以爲然。他說：「《疑雨集》我四十年前看過。……錢牧齋說他：『很少用唐以後典』，眞是他的照例胡說。我若有工夫或興致再看《疑雨集》一遍，可以舉出更多反證來。只記得開卷〈無題〉似有『度曲惟教唱柳君』句，柳君只能指柳永，就分明是唐後故事。柳永稱君，湊韻枯搜。下似有『猧兒閑取練香薰』，簡直凌亂不通，香是薰被，不是薰狗的。」批錢說，很犀利；末兩句，指出王次回詩的缺點，也一刀致命。而所憑的，竟然是四十午前讀書之記憶。此老記性之好，實在驚人。

王次回詩《疑雨集》之外，尚有《疑雲集》。但錢先生說：「詩不佳，也不像次回風格。……想起徐珂《可言》卷五略謂民國五年見坊間石印次回《疑雲集》，謂是秘本，凡四卷。中多竊其師俞廷瑛所作詞云云。」按，俞氏作品被收入《疑雲集》的，凡廿四首，錢先生記得也不差。但此僅能證明《疑雲集》中有羼入者，並不見得整個集子都是贋鼎。只不過，讀來確實該小心一些是不錯的。

此外，錢先生對於這類艷體詩的讀法也有些意見。古人常瞧不起艷體，所以看見這類詩，往往就從「寄託」方面去解釋，論李義山、韓冬郎，乃至王次回都不免如此。錢先生則認爲像「滄海月明珠有淚」被解釋說是懷念李德裕、「藍田日暖玉生煙」被解釋爲是指令狐綯，乃「想入非非，蠻湊強攀」，「尚不足比於猜謎，而直類圓夢、解讖。心思愈曲，膽氣愈粗，識見卑下」。以寄託解王次回詩，他也認爲是「不知所云」之舉。

函札論學，是我國學人的傳統。錢先生這些函件中顯示的詩論也很有價值，鍾先生將來當會正式刊布這批書信，此處不過是略爲徵引而已。

爲什麼要在《聯合報》上徵引這一批錢鍾書論王次回詩的函札呢？因爲聯合報系的聯經出版公司恰好出版過鄭清茂先生校注的《王次回詩集》。這是迄今爲止最好的一本王次回詩注。考、校、注都好。前面對王次回生平及詩藝的介紹，寫來不蔓不枝，亦見功力。可惜錢鍾書先生未能見到，有志注釋王次回集的鍾先生大概也還未能參考，故値得特別介紹。

這當然也不是替聯經公司做廣告。因為我去門市部問過，此書早已售罄。這書並不太容易讀，王次回的名氣也實在並不甚大，為什麼其他詩人詩集都嚴重滯銷，而此老骨董居然還不太能再找到？或許，這就是艷體詩的魅力吧！

以錢鍾書先生來說，他的記性雖然不壞，但誤記之處著實不少。如將陶弘景「聊以自怡悅，不堪持贈君」誤為李白詩；把陳季常怕老婆河東獅吼事誤為秦少游；把道教中說人大腦中九宮之一的「洞房」，誤為夫婦交合的洞房等等，不一而足。唯獨對於王次回的艷情詩，讀過四十年了，還記得如此之牢，大概也就是由於這種魔力。

八十八年八月三日聯合報

無萬千燈光

「黑的河流，黑的天。
在黑與黑之間，
疏的、密的，
無千萬的燈光。」

這是艾青〈那邊〉詩的第一節。不管你覺得此詩之意象及意境如何，單就文字上看，你是不是覺得「無千萬的燈光」甚爲費解呢？其實不是沒有千萬燈光，而是他把「無數千數」寫成「無千萬」了。因爲只有「在千萬的燈光之間」才會有「紅的綠的警燈，一閃閃的亮著，在每秒鐘裏，它警告著人世的永劫的災難。鐵的聲音，沸騰的人市的聲音，不斷的煽出」。

在的的的如聞口吃者言的的的的之中，我們知道詩人是寫錯了。不只「無數千萬」錯成「無千萬」，「搧」錯成「煽」，「地」也錯用了「的」。他亂寫一通，自以爲賣弄了一點機巧、製造了一點趣味，但我們卻清楚地看到他對詞意和詞性的掌握，實在大成問題。

明白了這一點，我們再看到他「風吹著黃土層上的黃色的泥沙，風吹著黃河的污濁的水，風吹著無數的古舊的渡船，風吹著無數渡船上的古舊的布帆……」（〈風陵渡〉）這一類的的的的時，自然就不會再被他所惑，誤以爲這又是什麼精心創作了。

是的，像「河流啊，你奔流著又跳躍著，越過莽野又跌下崖壁，從不休息也不畏懼，你要到哪兒去呢？」（〈河〉），固然句子是造對了，但這樣的言語和意境，跟小學生作文又有什麼兩樣？

民國以來，所謂新文藝大師大宗匠，在我看，頗不乏此類大言欺人者。用一套文學革命的神話，塗飾出遍身金光，其實廢土木泥爛偶人而已。

去年冬天，在北京探望了艾青。他夷然自視若大宗師，其妻亦以大宗師視之，似乎把前去探望的客人，都看成了朝覲者。殊不知民國以來，眞有幾篇東西經得起檢驗？從事文學工作者，只宜深自悼懼，實在看不出有誰夠資格自負。

這也並不是獨有惡於艾青。實際上近代文人的地位，多半是瞎捧出來的。眞正的評價標準，往往不是文學，而是權力：政治的或文學社群的權力。廓清權力的煙幕之後，其作品有時是很可笑的。

例如馮至有一首〈登大雁塔〉詩，選入廣西教育出版社新編《中國新文學大師名作賞析》。且謂其思接千載，視通萬里，爲詠懷古蹟之優秀篇章。我捧卷恭讀，不覺失笑。其詩日：「這座唐代的古塔，經過無數次的登臨；唐代詩人的名句，如今還搖撼著人心。『萬古濛濛』的景色，『秦山破碎』的悲哀，千年來縈繞著這座塔，支配著登臨者的胸懷。但當我和古人一樣，登上了塔的最高層—四周的景色多麼明麗，地上的塔影是多麼鮮明！……夕陽和朝陽循環不斷，西安一天比一天新鮮；人民的西安規模宏大，遠勝過唐帝國的長安。唐人留下了不朽的詩句，給雄壯而又蒼涼的長安；我們要給人民的西安市，寫出無限美妙的新詩篇。」

這是徹頭徹尾的「歌德文學」，作者矇著眼睛上大雁塔。要不然，他就該知道現在的西安城，只有唐長安內部的皇城那麼大。但這且不去管它了，或許作者確有革命熱情，又確實被「朝陽」耀花了眼睛哩。自稱要寫出無限美妙的新詩篇，眞不知從何說起。

這未必是他們的不幸，卻實在是我們這個時代的悲哀。我從事文學工作的朋友們，一齊放下欺罔與矜張，老老實實再努力讀點書吧！否則，在黑與黑之間，眞要無萬千燈光了。

七十九年九月三十日中華日報

文體進化

顧炎武「三百篇之不能不降而楚辭，楚辭之不能不降而漢魏，漢魏之不能不降而六朝，六朝之不能不降而唐也，勢也」，王國維「四言敝而有楚辭，楚辭敝而有五言，五言敝而有七言，古詩敝而有律絕，律絕敝而有詞。蓋文體通行既久，染指遂多，自成習套。豪傑之士，亦難於其中自出新意，故遁而做他體，以自解脫」，這兩段話，經常被當代文學史家徵引，作爲文學進化論的理論前身或證據。

可是顧氏、王氏這番言論，究竟是不是代表一種文體變遷進化的看法呢？哈哈！恰好相反，顧氏、王氏都是主張學古的。

顧炎武這段話，出自《日知錄》卷廿一，論詩體代變。在闡述詩體隨時代轉變的趨勢之後，顧氏立刻說：「用一代之體，則必以一代之文，而後爲合格」。徵引顧氏言論的人，往往把這句重點漏掉了。顧炎武的意思是說：每個時代都有它代表性的文體及時代風格，不能永遠不變；但是創作者既然選用了某代的代表性文體，就必須遵守該體的風格，才算是「合格」的作家。比方說作楚辭體，就得像楚辭，不能寫得像律詩；作唐律，就不能像漢魏，而必須像唐律。

在顧炎武之前，如李東陽《麓堂詩話》：「古詩與律不同體，必各用其體，乃爲合格。……若孟浩然、杜子美、崔顥……，余少雖極力摹擬，恨不能萬一耳」，即是這種說法的先聲，也是明朝擬古風潮中的一般見解。後人對此見解不甚熟悉，乃逕以顧炎武爲反擬古的先鋒，豈不謬哉！

至於王國維，情形也差不多。《人間詞話》在上面那段文字底下，有「一切文體之所以始盛終衰，皆由於此。故謂文學後不如前，余未敢信；但就一體論，則此說固無以易也」等語。語意甚爲明白：他認爲一種文體中最好的典範，必然是早期的作品。所以他論詞，推崇五代，北宋就稍差了，南宋更差。小令最好，長調次之，長調中如「百字令」、「沁園春」等最差，原因之一也正是由於小令在五代，長調興於北宋，「百字令」等起於南宋。

這是極爲偏激的看法，導致他後來論曲，也有元曲是活文學、明曲便是死文學之說。另外，他又深受嚴羽和明人影響，認爲宋詩風格不像唐詩，所以宋朝「無詩」。宋既無詩，文壇即不得不以詞擅場。

這就是近人所極力推崇的「一代有一代文學」之說。王氏《宋元戲曲考》自序說：「一代有一代之文學，楚之騷、漢之賦、六代之駢語、唐之詩、宋之詞、元之曲，皆所謂一代之文學，而後世莫繼焉者也」。這話也曾被視爲文學進化觀。但根本上乃是明人「宋無詩、唐無賦、漢無騷、秦無經」這類說法的延續。像郎瑛《七修類稿》卷廿六就說過：「文章與時高下，後代自不及前。唐詩較之晉魏古選之雅，又不可得矣」，李攀龍也說唐無五言古詩，顧炎武更是明白宣稱：「眞書不足爲字，律詩不足爲詩」了。

顯然，這是極爲狹隘的文體觀念和崇古論！論敘文學史者，不考上下文之脈絡，不究文學批評之底蘊，徒執二三語，以自張大文學進化之說，弄錯了幾十年。而且輾轉引述，無人致疑，實在也可算是一樁奇聞了。

七十六年三月一日國文天地月刊

汪精衛詩

清朝詩人舒位曾模仿《水滸傳》，替乾嘉詩人編了一部《點將錄》，以梁山泊一百零八位好漢來比擬詩壇人物，謂托塔天王爲沈德潛、及時雨爲袁枚。民國二十幾年，汪辟疆先生又仿其體例，作《光宣詩壇點將錄》，亦傳誦一時，頗爲談藝者所重視。

水滸好漢，固然都是星宿降生，但流品其實甚雜，不乏卑瑣無足輕重者。所以汪編《點將錄》就把四個他最瞧不起的詩人比爲「地樂星鐵叫子樂和、地賊星鼓上蚤時遷、地狗星金毛太尉景伍，地耗星白日鼠白勝」。而且不說明四人姓名，只說是惲□□、林□□、沈□□、潘□□。這是不齒其人的意思。我參考了其他文獻，推測汪辟疆大概是認爲這些人風流而近於下流，故特予貶斥之。

近見錢仲聯先生《近百年詩壇點將錄》也有這樣的體例。以鄭□□爲地樂星、汪□□爲地耗星、梁□□爲地狗星、黃□□爲地賊星，且引林庚白語，謂此四人「皆不與同中國者」，「蓋寄斧鉞於詩史中也」。將他們歸入軍中走報機密步軍頭領。

我認爲這應該是指鄭孝胥、汪精衛、梁鴻志、黃濬。四人均在抗日期間通敵賣國，佳人作賊，遂遭錢先生謚此惡名，傷哉！

不過錢先生這種批評，著眼於生平志節，故不重其詩藝。倘若就詩言詩，則四人均不僅只有這樣的地位。當然，四個人的地位若要再提高些，也並不一致，因爲四人之造詣殊不相等。其中我以爲最差的恐怕是汪精衛先生。

汪精衛夙負詩名，兼以生平遭際曲折，故其詩頗受論者推崇。民國十九年曾仲鳴刻其《小休集》跋云：「先生之詩雖自以爲與革命宣傳無涉，不欲出而問世，然其語胸次之涵養與性情之流露，能令讀者往往愛不忍釋。」可見其受歡迎之一斑。

但我以爲汪氏爲詩，才不甚大、學亦少所表現。因其詩典實不多，融經鑄史非其所長。這樣的詩要能動人，即必須有深情或巧思。

汪偶有深情。像集中寫給老婆陳璧君的詩，大抵都不差。他的詩詞集，又名《雙照樓詩詞稿》。雙照，就是指月光照在他們兩個人住的樓上。樓名如此，其情可知。「雙照樓頭月色新，清輝如慶比肩人，梅花雪點溫詩句，疏影橫斜又滿身。」詩景俱皆可羨，此其情之足以動人者也。他與革命友人情誼亦復如是，凡贈胡漢民、弔革命烈士者，大概也都可誦。

巧思的部分，如久雨盼晴，而說：「鳥雀亦如人望治，晴光才動樂聲多」；題畫梅而說：「繁英若飛瓊，老柯如屈鐵，持此歲寒心，努力戰風雪」，都見匠心。構句新奇如「覓新詩似驢旋磨，溫舊書如牛反芻」「隱霧留隨黃犢遠，定風帆與白鷗閑」之類，亦饒意味。

可是汪精衛詩的好處不過如此。不妥之處卻似乎更多。

例如其詩疊字太多：「忽忽餘生恨，茫茫後死憂」「落落初相見」「日日中原事，傷心不忍聞，賦懷徒落落，過眼總紛紛」，這是一題三首，每首都疊，甚至四句之中，三句用疊，嚴重違背了《文心雕龍》所說詩文應「權重出」的道理。而這種情況又極爲普遍，「怦怦終未已」「綿綿遠樹低，渺渺長河直」「余懷渺渺淡烟中」「明月不來天寂寂，繁霜初下夜沉沉」「留得茫茫海水平……單衣涼露盈盈在，短鬢微風颯颯生」「孤雲靉靉誠何託，新月依依欲有言」「迢迢遠浦乘潮月，稷稷疏林隔水風」……，簡直觸處可見。這是詩才儉束，無多變化之徵。

其次是押韻常不穩，有湊韻之嫌。如形容鄉間蕭瑟云：「殘陽在地林鴉亂，廢壘無人野兔尊」，尊字實在勉強。野兔因廢壘無人而活得自在固然不錯，怎談得上尊呢？又如海上觀月云：「海風吹出月如如」，強押如字，渾不管如如是什麼意思。不知月若是如如實相，風即吹不出也。汪詩押韻中這類可以商榷之處著實不少。

其對仗亦輒不工，如「卻化月華臨夜靜，頓令波影爲秋清」，連聲調平仄都錯了。造句又往往不通。像馬革裹屍，常簡爲馬革。例如說：「馬革平生志」。馬皮怎麼能做爲平生之志呢？此簡語而不通者。風蕭蕭兮易水寒，簡成風蕭，然後說「風蕭易水今猶昨，魂度楓林是也非」。就算不說風蕭不能對魂度，此處蕭蕭爲形容詞，度爲動詞，又怎麼對得起來？

這是句子不通的。還有些則整首費解。如繫獄偶見簷頭新綠而說：「青山綠水如何似，愁絕風前鄭所南」，鄭所南並無此遭遇，不知爲何如此說。又詠紅葉，才說：「不成絢爛只蕭疏」，底下卻擬如桃紅燦爛，「得似武陵三月暮，桃紅紅到野人廬」。從上海坐船去美國，夜中正觀星月，忽云：「聞歌自愧隅常向，讀史微嫌淚易凝」，亦不知所云。

凡此等等，其實非我故作苛論，因爲以上舉例僅就其《小休集》略加摭摘而已，眞要吹求，恐怕不只如此。錢仲聯將他比爲白日鼠白勝，雖然貶抑太甚，但過分推崇，以乎也可不必，論人談藝，褒彈總要恰如其分才好。

八十八年十月二十七日中央日報

天下第一

國民黨中有四位院長邃於國學、雅擅詩詞，爲林庚白所稱。其中譚延闓、汪精衛，曾任行政院長；胡漢民爲立法院長、于右任爲監察院長。林氏《孑樓隨筆》曾說：他編有《四院長詩選》，「不日將出以問世，爲黨史增一掌故，亦爲藝林留一佳話也。」

這本詩選迄今未見刊行，不知稿子究竟流落何方。國際南社學會近刊林氏《麗白樓遺集》也沒有收錄。該學會所編南社叢書，因主編柳無忌的緣故，幾乎形成了一個以柳亞子爲核心的南社史。林氏這本集子的書信部分，除了一封以外，全都是給柳亞子的，足見其偏頗。或因此而不錄國民黨四院長詩選，亦未可知。

不過，林氏此選，縱或存在，所選大概也不會精審。蓋此君乃一妄人，其《麗白樓詩話》自稱：「十年前鄭孝胥詩近人第一，余居第二。若近數年，則尚論古今之詩，當推余第一，杜甫第二，孝胥不足道矣。」「余詩實盡得古今之體勢，兼人人之所獨專。」「余五七言古體詩，奄有三百篇、魏晉唐宋人之長。」其《孑樓隨筆》又自誇：「朋儕盛稱余所作舊體詩詞，謂能以舊式之格調，寫新鬮之意境，而又兼具眞善美之長。顧未知余於語體詩，尤能戛戛獨造，別開意境，堪於語體詩史中闢一新紀元」等等。

諸如此類自矜自負自詫自喜之語，俯拾即是，情形比現在的李敖還嚴重得多。因爲他缺乏自知之明，其詩甚爲淺陋，故對照著他的自稱自讚，看起來格外像一則則笑話。

例如他極自負的語體詩說：「記得過去的一天，天上有星有雲彩。我倆走到湖邊，那兒是幾隻小船。走近船剛好有風，剛好有月亮滾圓。風吹著荷花的香，月照著水珠兒晃……」，或「嗚，嗚，嗚，汽車回，大小車夫坐併排。」「半天才到老西門，大罵豬玀豬祖宗。」舊體詩則如：「一車曳我一人奔，赤日如湯沸地暄。渴其中途馳就飲，飢來數口告無門。汗珠眞見成焦爛，鬢雪還教逐冷溫。坐客不仁時更叱，憐渠今盡亦何言。」「風絲吹夢落何鄉？小院深宵特地涼。聽慣隔牆無線電，三年桑海百回腸」等等，不要說好，大概連通都欠通。

可是林庚白仍是有詩名的，錢仲聯作《近代詩壇點將錄》即頗爲推重他。

實則林氏之詩名，正建立在他的自我廣告推銷上，人或爲其矜言盛氣所鼓盪，以爲他眞有一點本領。其次，就是他反同光體的旗幟。他本附麗於同光，呈詩予鄭孝胥、陳石遺、陳散原諸公之門，未甚獲稱許，乃反唇相稽，說：「同光詩人十九無眞感」「同光迄於民國以來詩人，但雕琢以求充實，空矣。」於是與同光體爭詩壇地位之其他流派遂多推重之。錢仲聯評價他時，特別談到他對同光體「反戈一擊，時中要害」，就是這個緣故。

但反權威、具批判精神，固然値得嘉許，可是批判也得有些批判的能力。庚白有此本事嗎？試看他〈次韻酬行嚴〉云：「豈須僞體逐同光？且看詩家出管商。貌取前賢憐道喪，跡存舊學逐人忙。風騷不作吾何遁？比興全非世亦涼，爽氣西山終古在，偷生論解念冬郎？」先說其次韻。他與章士釗疊韻疊了三十幾次，以詩爲戲，殊非雅道。詩凡八句，三句問語，句式又過於單調。批判同光，別裁爲體，而所親之風雅，乃不過僅是韓冬郎，更令人失望。以冬郎之雋艷，乃比之爲管仲商鞅，則莫名其妙。逐人忙、世亦涼，皆湊韻。爽氣西山，亦不知到底與詩學有何關係？詩才如此，便宣稱已壓倒杜甫，無乃太可笑乎？

庚白不僅詩差，詩學也很差。故把江湜和劉後村併爲一談，不知兩人風格絕不相似。又說現在用的《詩韻合璧》是「沈約所定詩韻，未足依據」「沈約浙人，音本不正」。連詩韻是用平水韻的常識都沒有。

可是他有時代的傲慢，自以爲：「余之處境，杜甫所無，時與世皆余所獨擅，杜甫不可得而見也，余之勝杜甫，以此。」這個說法最合乎現代人之脾味，像柳無忌序其集就認爲他講得很對。殊不知偉大的時代並不保證其間每個人都偉大。處在這個偉大時代中，笨蛋依然比比皆是。而笨人，無論在什麼時代，都是作不出好詩來的。

不只如此，笨人而又有著時代的傲慢與批判的精神，那他就會成爲妄人。妄語譫言，每天自吹自擂，說他是天下第一。林庚白的例子，適足以警世。

八十八年九月三日中央日報

草山舊事

曩與高陽先生語，彼輒盛稱周棄子詩，先生與周棄子交誼當然是極深厚的，但我曾問他周先生在總統府任職之經過，他也不太清楚。看來周先生對於這一段，並不願多談，故知之者甚少。

實則當年蔣先生介壽館中，文采風流，可謂濟濟多士，周棄子先生即其一也。曾作〈草山下值歸途作〉一律云：「日暮鋒車往復還，端應魚鳥笑人頑。心魂坐耗文書裡，筋力眞疲道路間。誰信入山仍觸熱，極知有福是投閑。芝山巖際差堪隱，何日誅茆徑掩關？」草山即陽明山，此指官邸，他曾在此處供職，故詩中云云。

由詩看來，仕途似乎並不得意，一是奔波太勞累，二是文書工作缺乏成就感，三是經辦之事大多煩人，所以頗有不如歸去之慨。這個意思，其實常見於其詩中，如〈世途〉：「世途歷遍嘆嶙峭，月旦眞慚世所繩。宦拙故應詩亦退，憂來常以病爲徵。積癡魂夢今何殉？觸熱筋骸久不勝。出處縱乖孤抱在，肯將僇辱博飛騰？」熱，指權勢，是所謂炙手可熱之熱。他雖身處權勢核心，但看來殊無自喜之意，反有畏熱而準備回家乘涼的打算。

他這麼不喜歡這個工作，或許是因他性格近於江湖名士而不適應官場作息，所以他寫給張群的七十壽詩說：「大匠門前萃杞柟，不材忝廁每懷慚」「散木只應天所棄，細流原是海能涵」，自居散木、自號棄子，就有不堪在官場中奔競的意思。

當然，仕途原本也就不順利，官場不免鬥爭傾軋，亦頗令他灰心。〈答厚餘〉云：「久識人間行路難，筆端矛戟恣譏彈。是非淆混成衰世，喜怒推排到冷官。敢以快心攄憤懣，直須埋骨了迂殘。多君念我還相惜，眄睞虛承恐未安」。顯然是對於別人批評他這位「冷官」深表不滿。他又自號「未埋庵」、出版過《未埋庵短書》，似乎也與這類事有關。厚餘，是劉垕先生的字，曾任總統府第一局局長，馬英九、焦仁和均曾為其副手，現為考試委員。待人肫厚，故棄公詩中云云，他後來也校印過總統府中另一位詩人廖壽泉的《不傳堂詩稿》。

棄公的仕途雖然不順利，但這段經歷卻使他接觸了當時主要的權勢者，故江湖台閣，兩皆熟稔。壬子年東坡生日與友人縱飲劇談時說：「清班台省夙迴翔，載酒江湖亦敢狂，直以友朋為性命，未因材略掩文章。春風化雨銜恩誼，綠水紅蓮積感傷。劫後萬緣消儻盡，只應師友兩難忘」，頗可見其自負自喜之情。五六句指陳含光與洪蘭友。

棄公之材略，不知如何；侍應元樞，亦不知有何獻替。但我聞抗戰時「一寸山河一寸血，十萬青年十萬軍」口號即出自他的手筆。後來雷震案發生，他也曾運用一些政壇上的老關係去營救，如〈聞雷敬寰事急投于右老〉：「橫議從來在草茅，誰教鉛槧得名高？釜中豆為同根泣，天外羅難一目逃。盛世定無鉤黨禍，清流曾有敢言褒。太平儻要祥和啓，萬一群公善補牢」。不幸盛世仍有黨禍、亡羊終未補牢，群公束手，處士不敢橫議，而棄公遂長落拓於江湖矣。

他這樣的經歷，或由於性格，或由於時代，很難評說。但這是一個例子。介壽館詩人群，是當代傳統詩壇中非常重要的一支。在此一支中，棄公之遭際與表現，亦不妨視爲一個類型，自署「棄子」，實與廖壽泉自稱其詩爲「不傳」相似，於此可以覘世、可以興感焉。

八十八年八月二十六日聯合報

將軍解甲

正中書局近刊丁治磐先生《似庵菲稿》一巨帙，大開本，收錄詩文詞聯，凡六百餘頁，是現今罕見的大手筆。與中研院近史所輯印的《丁治磐日記》十大冊，足相輝映。

丁先生是當代武將詩人群之佼佼者。早年畢業於江蘇講武堂，後在軍旅中，以戰功擢升為軍長、司令官，並擔任過江蘇省省長。來臺後，膺聘為國策顧問。乃漸釋干戈而馳驅於文壇。詩文、書法，靡不有所表見。藝林推重，聲望當在其他一些將軍詩人或書法家之上。

但這個集子可能並非先生自訂，因此有些錯誤。如〈贈伯平先生〉七古，係東坡武昌贈鄧聖求詩中之一節，也許是先生曾抄錄或寫書法贈人，編集子的人未及詳考，所以誤收了。幸而整體看來編印仍稱精美；正中書局願花大資本印此不可能有銷路之書，似乎也說明了丁將軍在政治上畢竟尚有其地位及一些老關係。

據汪芳淦所撰丁先生〈行狀〉云：先生詩外似定庵之蘊藉，內涵放翁之豪宕（國史館館刊復刊第四期）。成惕軒先生也有詩以定庵擬之。但我不太看得出這層關係來。或許這是因為丁似庵曾作〈感事雜詠〉七絕五十首，令人想起龔定庵曾作〈己亥雜詩〉，故以為似庵似定庵吧。其實兩者頗不相似。定庵詩雜劍氣於蕭心，勃鬱出乎古艷。似庵無其古艷之體段，亦無其芳悱幽怨之心境，可謂形神俱不肖似，不必混為一談。而且定庵、放翁均為名士，與似庵久歷軍戎、參贊密勿者，生平遭際及胸襟懷抱皆不相同，也未必需要相提併論。

然則，以庵究竟何所似？古之武人，為詩多不工，似庵則詩功頗深，故不似古武人之詩。本係將率，而操吟觚，又與古儒士而兼武備，如范仲淹、王陽明等不同，所以也無法比擬，只能說是一個特殊的例子。

然而這個例子不又體現了這個時代嗎？早年丁先生的詩，頗紹古戰爭詩、邊塞詩之餘風，鐵騎刀兵，壯氣憤語，徵興衰之厄運、哭父老之流離，其中有些詩，讀來是眞令人動容的。如〈四眼飯〉，說抗戰期間糧運困難，軍中只能吃粥，而且粥極稀，吃時可以照見兩眼，故軍中戲稱為「吃四眼飯」。詩云：「忍飢何用勸加餐，藍縷軍前挽粟難」，出語和恕，而實增感慨。

這時的詩，是有眞情實事的。來臺以後，將軍解甲，雖說與全民一同枕戈待旦、毋忘在莒，其實偏安海東，無所事事。先生得以備位顧問，可是我相信當軸未必眞正諮詢了什麼。是以位望雖隆，實乃等於投閒置散，日子遂在詩酒文會中度過了。

這個時候，詩寫來寫去，不外三類：一是祝禱，來往既有顯宦，亦有袍澤，更有文苑之舊雨新知，鶴算屢添，長祈壽考，壽詩因此作得極多。光是七律一體，即收有六十首左右。集中有時十幾頁全是壽詩。二是哀輓。祝壽，是賀人未死；若死，即作哀輓。壽詩多，哀輓當然也就不會少。三是詩酒文會之作。新正、元宵、上巳、端午、中秋、重陽、臘八，總有各式各樣的雅集，此外尚有粥會、聯會、詩人大會、飲會，以及各種詩社的吟會。文人雅聚，理由當然不盡相同。但講來講去，總不外是「大好河山供夢寐，小康歲月足歡娛」（弧觴會，大小一唱）罷了，還能作出什麼不一樣的東西呢？

對於時局世事，我相信他也不會沒有感慨。但以其身份地位，恐怕並不好顯言譏刺，所以才寫了〈感事雜詠〉那樣的詩。然而寄意甚晦，譎隱難明，又無自注，故說了其實等於沒說。

這樣的詩、這樣的詩人，不正體現了這個無可奈何的時代嗎？先生詩功雖然不淺，但屠龍之技，竟無所用，惜哉！

八十九年二月二日中央日報

北海遺音

俞大綱先生故世時，河洛圖書出版社曾編印過一套全集，《寥音閣詩》爲其中之一。但「全集」其實很難收得全，究竟還會有多少作品有待補輯，誰也不曉得。不過俞先生有抄錄詩稿送給友人的習慣，或許由當年他常相過從的一些老輩那兒仍能找到佚篇亦未可知。

最近我就曾在張眉叔先生處見到一本俞先生在民國四十四年自抄的《寥音閣詩》。錄的詩只有十首，大抵爲先生滯留香港及來臺初期之作。但此一抄本另外過錄了所謂「弱冠集舊稿」，抄了二十三首，有跋尾云：「右三十以前所作詩。民國二十二年，李庸莘刊之於故都北平。並收勞貞一、陳槃庵詩，附以庸莘自作，題曰《北海題襟錄》。時諸君子與余皆在中央研究院歷史語言研究所治文史之學。所址在故都北海淨心齋也。翌年春，庸莘病歿，未數月而抗戰事起。二十年來迭遭大故，文史荒廢，遑論詞章！去年復與貞一槃庵相聚臺北，與話往事，各抱辛酸。因相約重寫舊稿。蓋庸莘所刊，喪亂中皆無復存本矣。茲就記憶所及，手錄於右。少年之作，無可觀者。唯其中〈過晦聞先生故宅〉等篇，極邀散原姑丈之賞。余雖未嘗愜意舊作，今也則無，信乎古人有才盡之說也！」

這些少作原收於《北海題襟錄》。俞先生為陳散原外甥，與陳衡恪、登恪、寅恪為表兄弟，故其詩學本諸外家。《寥音閣詩話》共收錄詩論六十篇，前面十五篇都是述散原行誼及詩風的，後面比較陳散原與鄭孝胥、或論陳方恪詩詞、談陳寅恪之談《再生緣》《元白詩箋證稿》等，也都可以說明這層淵源關係。

我曾見俞先生所刊散原先生手寫詩稿一冊。事實上，商務印書館所印《散原精舍詩集》前面周棄子的序也說過俞先生詩學頗得諸散原。不過，俞先生自己的作品其實並不像散原那種近乎宋詩的風貌。我覺得這是因為他還有另一種淵源，那是從湖南來的傳統：他的舅舅曾廣鈞，是曾文正嫡長孫，所著《環天室詩》格調近於晚唐。他很受這個脈絡的影響，故努力想要合義山與山谷為一體。但性氣所及，蓋多沉憂，故終近於義山而遠於散原。

像〈過黃晦聞先生故宅〉：「舊業曾聞在講帷，今來猶許讀遺辭。九州寥泬人兼鬼，一命孤危淚是詩。哀國未容餘此老，窮鄉誰與卜新祠？春冰門巷尋行跡，想像鬚眉隔凍枝」，這樣近似散原而也被散原所欣賞的詩，殆為少數。大多數則是如「辜負花時久舉觴，遲來端為惜流光。已傷蕪穢辭寒蝶，別有風神對粉牆。委佩難迫春婉孌，回頭如訴怨低昂。浹旬士女誇顏色，誰伴今朝半面妝」（牡丹謝後作）這樣的風調。

俞先生晚年致力於戲曲，對郭小莊的國劇改革、雲門舞集的崛起都有很深的影響，而他本是詩人這一身分，卻因此而漸晦了。他自己在五十歲以後，詩作也漸少，是以更顯得出少年、中年時代詩作之可貴。《北海題襟錄》其實並不如先生所以為是「喪亂中無復存本」。

據我所知，至少史語所就還有。我在前面引此以為說，只是為了要抄錄先生的跋。真正要輯佚詩，除此之外，尚有不少。我二十年前曾撰一文論俞先生詩，其中舉了些例子，有興趣者，不妨參考。

但本文的重點，其實不在這兒，而是想藉著俞先生來談談史語所的詩歌傳統。

誠如俞先生所說，史語所中勞幹、陳槃、李庸莘和他都擅長吟詠。陳寅恪也能詩。故歷史語言研究所所治乃文史之學，其「語言」部分並不僅僅是語言學的，亦兼有辭章，且應與史學相浹為一。如陳寅恪、勞幹、陳槃，都是詩人而又為史學大家；史語所研究人員也因此而為一重要詩人團體。

然而，後來的學風似乎並不如此。考證氣味越來越濃，詩人性情漸漓，題襟唱和，遂日益寂寥矣。近年乃於史語所之外，另外成立文哲所，代表文史正式分了家。這樣的發展過程，或許也可以解釋為什麼俞先生來臺後終究離開了史語所。其所謂「寥音」也者，本為高遠寥闊之寥，乃竟成為寂寥之寥。如今史語所中耽吟事者，如槃老業已謝世，王叔岷、張以仁則漸轉役於文哲所矣。故北海題襟，徒存往跡；詩以存史，聊徵感慨而已。

八十九年一月十九日中央日報

童心入世

中研院史語所之詩人，較知名者爲陳槃、勞幹、王叔岷諸先生。像周天健先生這樣的詩人，則恐怕所中還有許多不曉得哩。

周先生髫齡能詩，十二歲時在廬山聽戴季陶講經，曾呈詩，大獲嘉賞。十八歲便將所作集刊爲《童心集》。其句如「簾捲多情應小住，泥香有約可重尋」、「鬚眉坐領雙峰氣，旦夕相期兩卷書」，均可見其詩才。少年才調，堪驚老宿。

民國三十年，他因高考及格，赴四川受訓，而進入中研院史語所。時史語所在南溪東莊栗峰，地名板栗坳。據周先生說，他們第一組讀書的地方俗名「新房子」。這個時候，一方面與史語所中同仁治學爲文，頗爲愜意，如贈陳槃庵云：「載酒尙多留問字，壓裝初看遠行詩」，酬陳寅恪云：「異錄流傳一燈史，名山今昔兩詩人，留題甲子心猶在，入眼滄桑淚欲貧」，皆可顯示這個時候是師友相得，精神上甚爲愉快的。但在另一方面，世亂方殷，身如飄絮，也是苦悶的。故〈三十二年舊曆除夕〉云：「歲時萬里亂離民，苦憶燈前白髮親，小醉漸餘詩當哭，輕愁還與睡爲鄰。多情自古天應老，入世能狂語欲眞，縱有悲歡何處寄？

亂山蕭寺著斯人」。這位秉持著童心的詩人，剛入世，便飽嘗憂患了。

因此，戰後他竟不能安居於史語所繼續做學問。返九江、走上海、入北平、而抵東北。「盡諳世事漸無哀，瀛宇長吟一去回」「困人磨蝎憎時達，犯夢蛟龍破海來」，在艱困的時代，他勉力衝撞，希望能有所突破。而這樣的希望，大概也落空了，「秋蟲對怨商清夜，壞井生寒度暗風」，再返南京，繼而輾轉來台。

當時傅斯年正擔任台大校長，以其在史語所的老關係，立刻請他至台大擔任秘書。傅氏去世後，錢思亮依舊倚重他。後來錢先生轉任中研院院長，周先生仍繼續襄贊其文書工作。我曾見過周天健先生一次，但覺其精神健爽，人如其名。隨即收到他的《不足畏齋詩存》，然後不一、二周，竟接到先生的訃聞，靈堂設在松山寺。我去弔祭時，並沒有太多喧雜。靜靜鞠躬退出，曉陽在戶，頗覺惆悵。不久，又聞松山寺火災，所存靈骨很受損亂，更是牽掛。松山寺後來重新修建了一座報本樓，以安存歿。立碑爲記時，找我動過筆。動筆時，我就想到周先生以及那個詩人的靈堂。

先生少年英特，正是可畏的後生。但「四五十而無聞焉，斯亦不足畏也矣」，集名不足畏齋，難道不是自嘲自傷嗎？本來在史語所中，是可以做點學問的，可是窘於衣食，困於時代，南北飄零。最後雖仍棲止於上庠、仍然回到中研院，卻在文書工作上消磨了大半生的精力。簿書酬酢，案牘勞形，爲人之謀愈多，爲己之學愈少。屈萬里先生序其集時說他「日夕塵鞅，竟不得專志於學。集中有句曰：『懶癖從知世是囚』，又云：『居身猶拙稻粱謀』，夫其志有未逮，而沉哀自見也」，確實很能道出他的心境。

他原本應該是個很有自己想法的人，很喜歡魯迅，有詩如「華國文章眞寂寞，書商能說魯先生」「無端魑魅窺人喜，一代聲文想杜翁」；在大陸亂局漸成之際，也曾批評：「亡秦未必胡人在，變夏同驚漢臘殘」。可是平生遭遇未能使他盡其才或成其學。甚至於，他文書勞苦之生涯，也未必能如黃山谷那樣享受「痴兒了卻公家事，快閣東西倚晚晴」的舒愉。他曾有一度辭了台大的工作，赴南洋大學教書，何侗刪集老杜和劉長卿句送行，講得很好。那兩句詩是說：「彩筆昔曾干氣象，青袍今已誤儒生」！此所謂天也、命也。然而，生丁斯世，如此命運者，豈獨先生一人哉？

八十八年二月十日聯合報

高闈詩心

當代詩壇，考試委員應屬其中重要一群。這些委員，都是碩學耆儒，故能主持國家考試掄才之任。每次開科，命題閱卷，群聚於闈場之中，一方面考詮文章、衡酌優劣，一方面又不啻文人雅集。批改考卷之際，諧謔並作，談鋒縱橫，乃或疊韻酬唱、飛箋鬥韻，也是十分常見的。

此風當起於宋代。因爲科舉雖起於唐，但唐代試卷不彌封、考官不入闈，因此風氣與宋以後迥異。宋代初期，詩人在考場中唱和的情形也不多見。形成典型，應是歐陽修、梅聖俞等人的流風餘韻。

這個傳統，現在僅存於臺灣。大陸則無此制度，故亦無此風氣。但風氣之存續，畢竟繫乎其人，典試者倘非詩人，又怎麼會在闈場中賡唱迭和呢？

政府播遷來臺初期，賈景德先生屢任典試委員長。他與于右任是當時騷壇兩大老。試務既由他主持，在闈中聚會作詩的機會自然就不會少。成惕軒先生民國四十年高考闈中有和賈老韻之作，足證賈公確爲吟唱的發動者之一。

另一位重要的發動者，是張默君先生。她是民國以來有數的女詩家，書學魏碑，雄闊有丈夫氣，如其為人。成惕老也有和她韻的詩。當時她亦隱然為一詩歌唱和團體的核心人物。

成惕軒先生當然也是這樣一位人物。其《藏山閣詩》、《楚望樓詩》中述及衡文校士、闈中吟唱者較他家為尤多。而且他不像歐陽修、梅聖俞那些古代的典試之官，他們只是偶一為之，惕老則是從三十幾歲起就擔任這個工作，衡文於蜀中、南都、以至臺員。對試務工作體會之深、寄情之篤，殆均勝於古代詩家。其〈自題瀛洲校士記〉有云：「心似冰壺不受塵，手栽桃李漸成春。年來稍寄崢嶸意，三典巍科閱萬人」，足以徵見其心情。

校士瀛洲的經驗，看來十分令他欣慰，因此，四二年高考典試時有詩說：「儻憑願力回天地，合起英髦護國家」、「畫策料應胸有竹，量才敢信眼無花」。這一年考生多達七千餘，一時稱盛，故先生之詩云云。但當年典試者實亦為一時之選。典試委員乃張默君、蘇雪林、沈剛伯、董作賓及惕老。襄試委員有熊公哲、臺靜農、戴君仁、宗孝忱、鄭騫、林尹、牟潤孫、屈萬里、巴壺天、王叔岷、梁容若、王壽康等名宿，是以高闈吟詠，可以不讓歐梅，如先生詩所說：「玉尺量才仗手持，儒林文苑各宗師，歐梅往代寧專美？世運新開又一時」（癸巳高闈雜詩）。

惕老玉尺量才，佳話甚多，本不限於這一年。民國三九年，他給曾霽虹國文一百分，使曾氏獲優等及格。所謂：「佳卷爭傳署百分，翩翩子固信能文」，其事即頗為世所稱道。他愛才惜才，每見年輕人有才華、有好文章，便欣喜不置，四處揄揚提挈，是真正的好考官。

他這種性格以及爲國選士的使命感，我自己更是深有體會。

我就讀研究所時，曾去考試院後山宿舍拜謁他。時張默君先生已逝，揚扢風雅、主持高闈，惕老實居其勞，待我後生晚輩卻肫厚愛惜。每往夜話，均如在春風霽月中坐。

他除了詩以外，駢文爲當代一大家，薰香掬艷，不可方物。偶爲我開詩法，指點爲文門徑，都令我收穫極多，但大部分是勉以爲人處世之道。後來我參加甲等特考，也是由他和陳槃庵、高仲華諸先生批卷及口試，給了個最優等。考畢，我去進謁並謝師，他勗勉有加，而且正色告訴我：「此非有愛於你。我們爲國舉才，希望你好好努力，不要辜負了我們老人家的期望」，講得我汗涔涔下。至今十餘年，這一幕仍如在目前。故每一展卷，見到「百年文運鬱將開，記取中興在得才」、「我愧當年韓吏部，敢將弟子畜文昌」之類詩時，輒添感懷。是知詩本性情，闈中高吟，實有深意存焉。

八十九年二月二十三日中央日報

郎捶大鼓妾打鑼

曾見臺靜農先生臨終前抄錄了幾首小詩，曰：「郎家住在三重埔，妾家住在白石湖，路頭相望無幾步，郎試回頭見妾無」「韭葉花開心一枝，花正黃時葉正肥，願郎摘花連葉摘，到死心頭不肯離」「郎捶大鼓妾打鑼，稽首天西媽祖婆，今生受夠相思苦，乞求他生無折磨」。諸詩情意纏綿，無怪臺公爲之傾倒。

而此三重埔之情歌者，梁啓超先生遊臺灣時所作之〈臺灣竹枝詞〉也。

自明鄭以來，流人墨客絡繹來臺。無論是以臺灣爲歇腳庵，抑或爲歸骨所，他們對臺灣的感情，在詩中是很容易感受到的。在梁任公那個時代，不但有像任公這樣，來臺灣尋求推翻既存政權的活動；也有如易順鼎那樣，墨絰從軍，來臺抗日的人物。他們的生命，與臺灣是不可分的，所以詩文中自然也有對臺灣的謳吟。

大陸淪陷之後，大量軍民渡海而來。詩，仍然扮演了一個積極的媒介角色，做爲綰結本省士紳階層和中央來臺文士吏員的重要紐帶。

事實上在日據時期，推動文化啓蒙運動及民族主義運動者，主要也就是那些主持文壇風雅的豪族。這些豪族及士紳，在政府遷臺後，仍多與中樞文流相酬酢過從。來臺文士騷客，亦曲意與之交歡。例如于右任、賈景德諸大老，結納臺籍詩人，皆可謂不遺餘力。右老三十八年「與臺北詩人約九日草山登高」。三十九年「上巳日，先生與賈煜如、黃純青發起修褉於此，與會者百餘人，臺灣詩人到者尤多」。同年重陽，又「約臺北詩人於陽明山柑橘示範農場登高」。時當大亂重傷之餘，豈能爲把酒尋詩之會？蓋藉此輯契人心，通情好於地主也。

臺灣的詩人們，因爲愛詩，所以也對這批新文壇朋友甚表親切。霧峰林家、板橋林家都頗有詩人參與此等文會。瑞芳李建興也一方面擔任「臺灣省石炭調整委員會」主任委員，一方面大力支持詩歌創作活動。陳逢源在陽明山的別墅深山煙雨樓，也成爲當時詩人重要的聚會聯吟場所。一直到現在，依陳氏遺志成立的陳逢源先生文教基金會，仍在謝東閔、吳三連、陳奇祿諸先生的監督運作下，繼續爲古典詩之薪傳而奮鬥。

這段史實，頗爲論臺灣史或臺灣文學發展者所忽略。但我以爲這是很値得注意的。一方面，它顯示了漢詩在延續及擴張中國文化、鞏固民族精神的作用上，占有非凡之地位。另一方面，可以看出它如何有效地綰結臺籍文人士紳和大陸來臺人士。對於政府遷臺以後，與臺灣士紳的聯結狀況，除了權力與經濟關係之外，我們應該也可以多利用一個參考系統，從文學這個角度去了解。

即使僅就文學而論，論臺灣文學史者，老是從賴和、楊逵、張我軍講下來，我以爲是偏枯的。必須注意到從梁啓超或更早的文學史實，也必須注意到二二八以後所謂「白色恐怖」

之外的詩酒風流。這些詩酒酬唱，不僅僅爲吟風弄月，也不僅僅爲收攬籠絡，它具有眞確的文學意義。

例如在連橫寫《臺灣詩乘》之後，旅臺的文人彭國棟編了《廣臺灣詩乘》。詩人李漁叔也承繼連氏之作，撰有《三臺詩傳》，替臺灣詩人編史立傳。另據劉延濤所編的《右任年譜》云：「先生自來臺後，即有詩學革新計畫。四十年詩人節，先生作白話詩一首，又題郭明橋『由黑暗到光明『畫幅，亦爲白話體。此後詩人節每遇講話機會，先生必殷懇致意於詩體之解放與詩人之責任」「民四十七年，詩人節，先生親往臺東參加。此次先生的講辭，更爲詩學聲韻，提出具體見解」。這些，都具有詩學上的意義。至於陳香所編《臺灣竹枝詞》，更是梁任公之後的嗣響了。

八十年八月四日中國時報

景物動人

臺灣詩壇的特點，在於詩社特多，這是從明鄭以來的傳統。另一個特點，則是風土詩也很多。

在明鄭和清朝剛把臺灣收入版圖時，來臺仕宦、游幕、經商、探險者絡繹於途。他們來到這一座海上仙山，倍感新奇，不免對此地之山川風物，著意刻繪一番。所以自康熙末年起，就興起了一股寫景熱，以臺灣八景、臺郡八景、臺陽八景為題之詩俯拾即是。此外，就是一大批竹枝詞。至今可考的，據翁聖峰《清代臺灣竹枝詞之研究》的調查，至少有七十七組，可謂洋洋盛觀。

這種現象，舊作《臺灣文學在臺灣》中〈臺灣詩歌的童年〉一篇曾有介紹。但這一現象，實又不止限於此一時期。臺灣風土詩有兩個高峰，一是上面談到的，因海外初開新世界，引起詩人之驚異與好奇，故肆其題詠；另一個高峰則是在民國三十八年政府遷臺以後。

政府播遷，大批官吏、文人學者隨之入臺。雖然復國之情與流離之痛，充塞胸臆，但臺灣這個新土地新社會，所給予這些人的強烈刺激和感受，跟清初那些人剛到臺灣的情況並無不同。這時，詩人的眼睛立刻張開了，他們急著要去體驗、去認識這個新環境。因此，縱然國事蜩螗、縱然兵氛不息、縱然公務勞煩、縱然生活艱苦，他們還是要肆其遊屐，到處去觀看，題詠山川、描繪風物。

以鍾伯毅《槐村詩草》爲例。槐老來臺時已七十五歲了，詩集也已編了五卷。但來臺後，第六卷詩中我們即看到他遊日月潭、指南宮、獅頭山、板橋林家花園、烏來、草山、基隆、銀河洞、碧潭、宜蘭、汐止、秀峰山、阿里山、新竹、飛鳳山、苗栗、金門、蘇澳、淡水等地，臺灣幾乎跑了個遍，而且對各地風景均有歌詠。這不是很有趣的現象嗎？若考慮到當時戰爭的氣氛、交通的條件、老人家的身體狀況，更簡直可以用「奇特」來形容。

因槐老信奉佛教，所以訪寺尋僧，對其遊蹤紀錄也頗有增益效果。在這一卷詩中，我們又可以看到他遊苗栗法雲寺、新竹靈隱寺、中壢圓光寺、八堵海會寺、寶明寺、圓覺寺、圓通寺、十普寺等。

一卷之中，隨處可見此七、八十歲老叟遊賞之蹤跡，難怪陳含光先生序其集時，要讚嘆他「健腰腳。遊山水，窮日夜不倦。長身杖策，行古松流水間，望之如野鶴」了。

其實槐老善遊，未必秉性如此。他在大陸時期的作品就沒有遊得如此厲害，對風土之題詠也不如此之盛。因此我們應該說，這是臺灣新風土激發了他。同時，他出遊往往與其他詩家，如溥心畬、李漁叔、張劍芬、趙夷午等人同往，且相唱和。故在那些詩人的集中，同樣也可看到這種多遊山川、多誌風土的現象。所以說此非槐老一人之特例，乃一時風會使然。

臺灣，在詩人筆下，是風華絕代的。像槐老說日月潭文武廟前的花卉不得了：「珊瑚鐵樹倒枝梅，都是平生未見才。道岸森森機勃勃，不隨世上鬱風雷」；日月潭化番社的歌舞也美不勝收：「昧昧番姑踏軟塵，杵音金玉妙無倫，干卿甚事池吹皺，對客揮毫太古春」。總之，什麼都好。

但老實說，日月潭德化社之歌舞，水準恐怕尚待提升。對一位見慣大世面的人來說，應該會像久居京城的白居易，到了潯陽而感嘆：「九江地僻無音樂」「豈無山謳與村笛，嘔啞嘈雜難爲聽」。可是他對這一切，卻都抱持著嗟賞讚美的態度。這種心情與態度，也大抵體現了當時詩人對臺灣普遍的感情。

當然，情景相生，乃中國詩歌之慣例。詩人吟風弄月、刻繪山川物象時，常與主體心境懷抱融爲一體，輒不僅是客觀地描寫風土而已。如其〈碧潭亭坐〉有云：「山水清輝擁一亭，澄心獨坐惜微馨。孤危藏海身猶是，老大觀河眼本青。畫舫斜陽來怨慕，詩聲潭影送娉婷。好音倘此懷空谷，前路煙霏啓芷汀」。出語雅健，融情入景。此，詩人得江山之助者歟！

八十八年八月一日中央日報

溪山煙雨樓

近二十年間，臺灣作舊詩的年輕人，大概沒有人不曉得陳逢源先生，也沒有人不讀他的《溪山煙雨樓詩存》。原因無他，陳先生文教基金會在這十幾二十年中，不斷推廣詩教，每年舉辦全國大專青年詩人聯吟大會，間亦辦理研習班、印贈詩集及詩韻，所以聲華昭著。凡參與詩歌創作或吟唱活動的大專青年，無不知先生及其詩。

我在讀大學時，曾去中國文化學院參加中華詩學研究所的雅集。當時年少無知，坐在高樓上，俯覽平疇、遙望白雲，意興昂昂，眞有點冒充詩人的快感。但聽老輩說，這種聚會一點也不精采，當年在溪山煙雨樓時如何如何。講得我等末學後生一楞一楞，不勝企慕嚮往之至。

後來讀近人詩集漸多，對溪山煙雨樓就更崇拜了。因爲那大約是政府遷臺初期北部詩人雅聚的主要場所之一。陳先生詩集中〈九日溪山煙雨樓雅集〉〈薇閣詩集創立一周年小集溪山煙雨樓〉〈春日賈老韜園張老魯恂林季丞林文訪吳夢周曾今可黃景南諸友雅集溪山煙雨樓〉等詩，均可見其盛況。

有些詩，陳先生並未特別講到這座樓，但別人的詩中卻往往點明了是在樓中聚會。如賈景德〈南都先生招飲溪山煙雨樓，爲賞櫻會，賦謝〉、張相〈次韻煙雨樓主招飲〉之類。也有因故未能參加溪山煙雨樓之雅集，而表示悵悵的，如瞿荊洲〈承南都召宴於草山別墅，因事未克趨陪，良用歉然，旋讀大作，不勝艷羨，特奉和二章〉云云。溪山煙雨樓的盛會，透過這些詩篇及詩人佚事的描述，可多麼吸引人哪！

我擔任古典文學研究會秘書長後，常與陳逢源文教基金會合辦暑假的詩詞研習營，住在陽明山中國大飯店，每天泡溫泉、談詩詞，好不愜意。而近在咫尺的溪山煙雨樓，卻仍無緣趨訪。

某次，爲了籌備大專青年聯吟大會，簡錦松才邀我到中國大飯店對面的溪山煙雨樓去住。當時他正準備寫陳先生的傳記。我則懷著朝聖探險般的心情。

樓在一小山巖上，下有清溪，幽深蒼古，正如瞿荊洲詩所云：「草山佳處在山限，小築玲瓏似玉台，雲氣每隨新雨過，花香時逐晚風來」。坐在濕雲浥浥的樓台上，遙念當年盍簪高會、限韻擊缽之盛，又不勝其懷想。

陳逢源先生是臺灣耆宿。在日據時代曾參加臺灣文化協會，推動議會設置請願活動，因而入獄。後任臺灣新民報經濟主筆。臺灣光復後，擔任華南銀行董事，北區中小企業銀行董事長。又創辦臺灣農業機械公司、經營臺灣煉鐵公司等等，是非常成功的實業家。繼而又出任省議會第一屆議員。可說在政治活動及政治理論方面也都有所表見。

但陳先生最重要的身份，或許仍是詩人；最重要的事功，或許就是建了這座溪山煙雨樓。其詩有云：「曾抗強權慕自由，老來身世類沙鷗。聲喧林鳥笙歌市，詩在溪山煙雨樓。常有嬌孫閑繞膝，儘多故紙靜埋頭。敢誇白鶴新居好，夏木陰森冷似秋」。這座樓，不但爲他自己的生涯留下了一個從容俯仰的空間；也替那個時代流棲於海隅的詩人，提供了一處得以相互撫慰、安頓靈魂的場所；更爲我輩後學建構了一所得以恣其想像憧憬的詩樓。

先生自云：「詩在溪山煙雨樓」，其實其事功亦在此樓。

八十八年十一月八日中央日報

欲枕髑髏問夢痕

嘉義民雄文教基金會最近編了一本《民雄詩香》，其中也邀我提供了幾首詩作附列驥尾。我到嘉義教書六年，鴻飛固然無庸計較東西，泥上偶留指爪，仍是件値得欣喜的事。

一個地方文教基金會出版叢書，會想到要編一冊古典詩詞的選本，可以想見這個地方是有詩歌傳統的。據地方耆舊江春標洪嘉惠說，此地早期尚有陳聯滄先生《磊園吟草》之類作品。而若更擴大談民雄周邊各鄉鎮之詩歌風氣，那就更可觀了。南華大學在去年舉辦成年禮及學生畢業典禮時，我亦曾邀請到麗澤吟社社長蔡策勳來誦詩。足見流風餘沫，至今仍在嘉義這南部農業縣市中傳承不衰。

臺灣詩社之祖爲「東吟社」。這個社就建於嘉義。日據時期嘉義一市六郡甚至多達十一社，聯合起來稱爲「嘉社」。光復以後，除了部分詩社沿續發展運作之外，大陸來臺詩人也開始參加了這個地區的詩歌活動。其中最可注意的，就是何武公。

何揚烈（武公）本籍湖南，來臺後，於一九五五年任職菸酒公賣局嘉義分局局長，與土地銀行分行浙江陳祖平、翁中光等人發起成立「玉峯詩社」。當年參加嘉義縣聯吟大會時，該社即有三十七人，在當時各社人數中僅次於「鷗社」。次年該社並成立了高雄分社。同時該年聯吟大會又聘于右任、賈景德等顧問，可說與北部詩壇也聯上線了。故該年端午節中國詩人大會就在嘉義舉行，名譽會長于右任、會長賈景德，副會長四人，何揚烈、陳祖平均屬其中。

友人江寶釵《嘉義地區古典文學發展史》對這些詩社詩會活動都有詳細的介紹。然而惜今日言嘉南詩壇者無復知何武公者矣。

何武公的詩集，名稱很怪，叫《枕髑髏齋詩稿》，民國四十四年在臺刊行，于右老題的簽。何氏是老同盟會員，後來久歷軍旅。在民國三十六年左右居福建永安時，有感於所居舊日夙為邱墓，骸骨散置各地，都未收拾，以致宵深月黑之際，青燐明滅，所以命其齋舍為枕髑髏齋，詩集也就叫這個名字。其實很有點莊子齊死生的意味。

他另有《枕髑髏齋詩話》一種。但我未找著，不知人間尚有存本否，故其詩學宗旨僅能由其詩作中觀察。據他《論詩》絕句說他「為種幽蘭葺薜蘿，心香一瓣祝愚窩」，又說：「槃敦騷壇二十年，愚窩風格本天然」，可見他是崇尚自然的。因此他又說：「湖菉林霏象眾芳，喜隨嚴羽賦滄浪」。嚴羽的詩論本來也就是強調勿以書卷、議論、才學為詩。何武公舉他為說，應可見其祈嚮所在。

也正因為如此，何武公之詩不甚用典，句法也不奇奧；集名雖叫《枕髑髏齋詩稿》，其實也少談玄論道語。多的反而是即景抒情之作，如「細雨跳珠喧石壁，清波放棹近城闉」

「十里灘聲秋欲吼，四圍山色晚猶青」「村春漸急風生壑，魚網才收浪滿船」之類。也有不少迷離香艷之體如〈新游仙詩〉、〈無題〉等等，寫情致甚婉杳，如「淡著臙脂別樣妝，銀燈一曲白霓裳，天南地北秋如許，忍見春韶上綠楊」「細雨輕寒苦未收，誰家深院銷閑愁，只憐鏡裡朱顏改，孤負羅衾卅六秋」。

但來臺之後，詩的體段雖未大變，「滄桑」感畢竟替詩添上了風塵之色。早期懷古論事，尙以「每從蘊藉窺詩趣」自矜，如今卻不免「萬千離緒萬千愁」了。

這就叫做「夢中湘淥疑無路，劫後蓬壺別有秋」。蓬瀛海上仙山，爲他人生創造了新的秋光。秋色蒼茫，唯不若春華之爛漫，但也自成一段風景。對詩人來說，或許老圃黃花，比春蘭威蕤更爲可觀哩。

他有〈臺灣雜詩〉七律八首，也有詩稱道臺灣「絕域名傳福姆莎」，喜歡此地「報畬樂事年年多」。而在臺灣，他最大的事業，可能即是推動詩人結社。許多文友在題他詩集時都不約而同提到他喜歡結社的事功。例如張森云：「南國聯吟名士集，東林結社世人知」、曾今可云：「主盟白社誠招客，平步青雲穩著鞭」。更有提到他與嘉義的關係，如駱香林云：「一家詞藻三蘇後，萬里諸羅白髮新」，嚴賓杜云：「吟社月泉移海嶠，每浮大白洗詩腸」。這些都可以證明他在詩社活動上的貢獻。

或許他推動地方詩運，特別是在嘉義辦詩社，除了溝通本省外省的畛域外，還有另一個目的，那就是重建臺灣詩社的精神。「臺灣之有詩社，自沈斯庵東吟社始。但詩人首重氣節，屈原退返初服，仍眷念宗邦不置，故為千古騷壇之祖。斯庵品詣，何足以語此？」他如此說。因此，重申忠義，扭轉臺灣詩社的傳統，可能即是他熱心於此的原因。

如今事過境遷，眷念宗邦云云，概成煙塵舊痕而已。詩人倘或復生，對此必定另有一番感嘆，也可惜找不到他的髑髏來問問了。

八十九年三月八日中央日報

尖叉鬥韻

清夜讀書，本想看看大陸近年詩壇的狀況，在一本《湖海詩詞》中竟然發現了高陽先生一闋詞。

這是一本紀念湖海社建社五十周年的詩詞選集。湖海藝文社，乃是中共大軍頭陳毅在江蘇鹽城創立的，該社於文革後恢復活動，並發行《湖海詩詞》。在這樣一本裡頭常見到〈重謁瞿秋白故居〉〈陳毅同志逝世十周年作〉之類作品的集子裡，誰料到竟錄了臺灣的高陽的詞呢？

更有誰能想到：這詞居然是給我的？

詞題〈買陂塘〉，有序云：「讀周夢莊先生〈海紅詞．買陂塘．題蔣鹿潭小影〉一首，感不絕于心。詞人多苦，實緣情深。情深則命薄，蓋天之所妒也。閑愁既起，酒澆益烈，因依原調成此解。過片數語雖悼鹿潭，實傷婉君。壬申雨水後十日，積霾盡掃，瞀眼一明，寫此呈敬。並寄呈企公詞丈、雨庵社兄、琦君大家、鵬程老弟。」附記又云：「夢莊先生，詞壇人瑞，高年已過子野，故末語云然。惟第三字苦未能協律，雨庵琦君能救之否？」

詞曰：「數倚聲，清追南宋，不師秦七黃九。渡江宗派時賢重，看各出屠龍手。多不朽。後勁水雲樓，才大如天授。漂零海右，恁笳角淒涼，宋盆潦倒，時命兩相負。　情須薄，天妒深情不佑。除非瑤島嘉偶，嬋娟千里誰相共？嘆息勞先枯後。容若富，西林貴，繁華幾載能仍舊？無如斗酒，待月破雲來，自勞兼祝，公邁張先壽。」

後面尚有琦君先生一跋，針對末句協律的問題說：「……最後三句是，『待月破雲來，自勞兼祝，公邁張先壽』，他引用張子野『雲破月來』名句，是因周老先生高齡超過張子野一歲。但他爲了末句第三字必須仄聲、第四字應平，無通融餘地。而『張先』、『都官』（子野的官職）都是兩個平聲字，『三影』是一平一仄、『子野』是兩仄聲，無論如何均不協律。他問我能否解救。我亦苦思不得，總覺南宋格律太嚴。他將此詞寄龔鵬程教授，未知龔教授已爲他解困否？」

說來慚愧，解什麼困呢？這闋詞我迄今才見到，而且是在這麼偶然的情況下見到。故人已杳，商略文字、辨析聲律之語，雖在目前，而歲月淹忽，徒存悵悵，眞是情何以堪！

高陽暮年，喜作詩填詞。他本是寫歷史小說及社論的高手，下筆走風連雲，頃刻萬言，忽然拿起繡花針來，在近體詩和詞的格律中戴上手銬腳鐐跳舞，自然是別具風姿的。然而，既要在格律中騁其技倆，他對格律之要求就寧可從嚴，不願藉口「吾寧拗折天下人嗓子」，或以前賢不協律之作風爲其擋箭牌，這是他在這在這闋詞中末句極力斟酌聲律的心理動機。不止此詞如此，其他詩詞亦往往如是。

但此處若硬要用張先這個典故，誠如琦君先生說，很難協律。此詞他當年寄示吾師汪中雨盦時，吾師不知意見如何？倘依我的看法，實不必非用張先之典不可，周夢莊與張先除了年高相似以外，並無必須比論的需要。此路既然不通，何不放棄了，再尋別路？昔人有以玉連環求解者，連環玉結，本不可解，故解者以椎破連環解之。作詩詞，碰到這種情況，似乎也應如此。

不過，周棄子先生曾有答高陽一詩云：「富聘多文夕旦新，尖叉遊戲亦超人。稍分書卷供餘事，自有風標顯道眞……」。高陽作詩詞，自然是有眞感慨眞性情的，但從文字上說，正如古代東坡作尖叉韻詩那樣，不免有些刻意要「因難見巧」。要他放棄一個他得意的意思，不去闖闖格律的天門陣，他是按耐不住的。亦正因爲如此，故他「數倚聲，清追南宋，不師秦七黃九」。

南宋詩的格律比較嚴格，對許多人來說，是桎梏；但對某一些人來說，或許正是得以施展身手的大好機會。而且，劉熙載《藝概》說得好：「詞者，音內而言外」。詩詞本爲聲律之藝，聲律問題，還是衿愼些較爲妥當。我，畢竟還是贊成高陽的。

八十八年十二月二十二日中央日報

舊體詩新世紀

新加坡同安會館舉辦「華人文化的保存與發揚」國際學術研討會，邀了我和李瑞騰去參加。瑞騰正在整理臺灣現存的舊體詩資料，便以此爲題，寫了一篇論文名〈臺灣舊體詩的創作與活動〉。去新加坡前，我們途經馬來西亞，與馬華文化界小有接觸，瑞騰也略談了一下他的論文。不料隔日星洲日報便刊出專文，謂瑞騰爲「一位矢力爲舊詩平反的博士」。這個頭銜實在太聳動了，不過由此也可見僑界對此事之關心。

馬來西亞有多少傳統詩刊、詩社或詩人，我不曉得。但在新加坡，起碼以福建同安會館爲例來觀察，傳統詩的傳習並不很冷淡。該會館近曾舉辦詩詞習作班，上課的學員即達二百餘人，每周有詩課，教師批答、同學切磋。審視其詩稿，往往丹黃爛然。聽其討論，則虔敬誠懇，似猶勝於我們在大學中文系裏學詩的學生。而且這不只是一個班而已，在該會館中，許多人都能吟哦，偶相酬酢，其樂也融融。

我不希望這樣的描述帶來一種「舊體詩已在海外復興」的印象，因爲事實當然不是如此樂觀的。我只是想提醒生活在五四神話之中的人們注意：舊體詩至少現在尚未死亡，仍有許多人以此爲抒情達意、參與文學社會的主要媒介，所以它仍然值得我們去關心。

五四新文化運動後形成的文學觀是極其偏宕的。新詩人爲了爭地位，輒以舊體詩之作者爲敵，屏諸不論不議若存若亡之間。講民國以來文學史的人，泰半不注意那些新文學鉅子如魯迅、周作人、朱自清、聞一多他們的舊體詩。雖然那些作品在體現情思、表達觀念方面，重要性絕不遜於他們的新體文學。葉石濤先生所撰《臺灣文學史綱》竟然完全跳過舊體文學部份，從「臺灣新文學運動的展開」開始敘述。而就在他不得不交代一下歷史源流時，也要吃力地申明：「舊文學遲遲未能臺灣生根」。這當然不是事實，只是新文學的偏執加上意識型態的偏執，使其不自覺地如此說罷了。

事實上臺灣文壇耆宿，如吳濁流、楊雲萍、楊得時等等，哪位不是漢詩做得極好的？我不相信吳濁流、楊雲萍諸先生會認爲他們的舊體詩不足以代表他們的文學成就，更不相信他們會認爲他們的舊體詩創作不能視爲臺灣文學史的一部份。老實說，在吳濁流的心目中，恐怕舊體詩才是他最自豪、最珍惜的部份，地位還要在他的小說創作之上哩。臺灣現在唯一一個支持詩創作活動的陳逢源先生文教基金會，也是秉臺灣文壇耆宿陳逢源先生遺命而創辦的，其宗旨十分單純，就是鼓勵人作傳統詩而已。

這些現象其實不難了解，據吳祖光先生敘述，他在文革期間，什麼小說之類都不能寫了的時候，只能靠寫舊體詩來排遣。傳統文學有因其爲傳統而具有的力量，給人深邃溫馨之感，使人在漂泊無依或哀痛無可告訴時，彷彿透過詩文，即能與文化的根聯繫起來。我遇見蘇曉康、遠志明諸君。據他們說，他們剛逃到巴黎時，心情極度苦悶，只能靠著讀點唐詩，才能入睡，才能使靈魂安靜下來。理由大概也在於此。蘇曉康是寫《河殤》鼓吹西化、要拋掉傳統的人，他的經驗很值得參考。大陸自文革以後，舊體詩大爲復興，現在詩社、詩會、詩刊、詩報、詩集皆甚多，或許也與此有關吧！

七十九年九月二十六日新生報

詩人的見識

薄遊澳門，得見梁披雲《雪廬詩稿》。澳門文化司署出版，印得非常精美。梁老曾主編《書法大辭典》、創辦書譜出版社，書法當然也不壞，由其手抄詩作，看來更覺美觀。

梁先生是當代澳門最具代表性的時人。劉登翰主編《澳門文學概觀》時即曾專立一節談他這部詩集，大陸也有翻印本，可見其地位。彼生長福建，就學於武昌廣州上海日本，又浮海至馬來西亞，再返中土，繼往印尼，終則卜居澳門。所歷既廣，詩功亦深，宜其爲世所推重，其詩亦足以觀世。

但梁老畢竟只是一位傳統型的「文人」，詩文書法，終究只一藝之長。從文字工夫上看，其詩固然「感世撫事直抒胸臆，黜華崇淡，不假浮藻，戛戛獨造」（黃曉峰・編後記）「七絕少迴旋餘力，古人稱難，翁獨挽強命中，略不費力」（潘受・序）。然而，詩其實還不僅是這個層次而已。

例如，一九七六年，梁老有詩〈歡呼除四害〉云：「千村萬戶舞還歌，蛇鼠狐狼一網羅，鬼火陰氛腥穢淨，風雷震震壯山河」。次年又有〈酒家記快〉云：「四蟹烹來快朵頤，一尊相對且開眉，看看腥穢都消歇，正是風回雨霽時」。把四凶擬爲四蟹，喜能烹而食之，足見他對文化大革命的觀感是極惡劣的。但是，在文化大革命正進行之際，他又做何觀感與評價呢？

他在一九六六年去延安參觀，「勝蹟瞻依願竟酬，堅貞卓絕仰徽猷」，次年便送小女兒「投效北大荒」。又次年，在澳門成立歸國僑胞總會，說是要「酣歌舜日與堯天」。六九年，對中共在珍寶島打敗蘇聯也大爲讚美。七〇年則對發射衛星成功歡呼、爲閩江大橋通車歌頌。七一年又喜金邊之報捷、賀聯合國之奪席。諸如此類。從一位富有民族感情的海外華人角度說，爲這類事情感動，甚而喝采，誠然無可厚非。但此時之「鬼火陰氛」、「腥穢」爲什麼他又都看不到了呢？此時謂其爲舜日堯天，不旋踵乃又謂其爲蛇鼠狐狼，不覺得進退失據，頗相矛盾嗎？

他不是沒有正義感的人。美國黑人抗暴，他有詩讚嘆：「枷鎖不摧難苟活，主奴歧視豈甘休」；國民政府捉壯丁，他也有詩抨擊：「鄰兒夜半呼，有婦堂前縊」；對於在政壇上擅做牆頭草的人，他更有詩譏諷：「時節芳菲景未闌，當爐人又覓新歡。琵琶盡作嬌羞語，舊調白頭久不彈」。這些詩，指斥時弊，都奕奕有風采，爲何面對文革卻會如此？

梁先生自序其集，曾對詩人的條件說了二項，謂詩本性情，但詩人不可無學問、又不可無識，「無識則見事不明，其詩不能融情敷理，箴俗而警世」。持此以評梁老自己的詩，不正是無識嗎？對於官兵抓丁、政客搖擺一類事，因爲事顯易見，徵諸耳目，所以褒彈論議，本不需要什麼特別的識見。而像同情美國黑人那樣的事，是人道精神與種族解放觀點，亦非作者個人獨到之見。所謂識，是要在事未易察、理未易明之處，能見微知著，獨斷其然否；融情入理，衡較其是非。能有這種見識，感時撫事，才不會只是漫然抒情，更不會誤判了情勢或混淆了是非。

曩在澳門，與梁老晤會，距今已倏忽八載。梁老九十三歲了，鑠矍精進，當非我等末學所能企及；但他所揭櫫「詩人不可無識，亦如花果不可無陽光」之義，恐怕確實很值得我們大家一同來思考。

八十八年十月二十日聯合報

寫詩心情

我喜歡詩，也喜說詩、喜作詩。偶塗鴉，輒欣然，以爲能自道其情。是不是眞寫得好，或寫出來能不能得到別人的贊美，實在無從計較。因爲除了少數幾首抄給同懷諸友看看之外，這些東西大概寫完就扔進什物堆裡去了。久而久之，便亦散佚不知去向。

有時詩情忽至，吟哦一二斷句，自賞自詫，而泰半也沒有繼續足成，令人悵悵不已。懷念的，不是那一兩句胡謅出來的詩，而是那一段段的情緒。詩句不見了，那些情懷幽緒也就沒有遺跡可供尋繹，想起來，能不悵惘嗎？

歷來詩人，有積極的，如杜甫賈島之類。他們「吟安一個字，撚斷數莖鬚」，審音辨律，敲章琢句，眞是獅子搏兔，全力以赴。把詩當藝術品來經營，或把作詩當成自己畢生的志業去從事。另一種詩人則又太不積極，雖也吟吟唱唱，卻總是像洗澡時哼哼曲子。歌唱的人娛情快意，旁人不小心聽著了，倒還要替他難爲情，因爲實在未必成個腔調。

我學作詩時，老師教導，當然是要把它眞當一回事來看，調平仄、辨聲律、勘文字、校典故，其間處處是學問。古今名家，風格各異，審其家數、考其流變，更是如入錦繡萬花谷中。因此，我很早就知道這是一個可以安身立命的場所。對於在此間創造出一番事業來，也不是沒有過雄心壯志的。我的朋友裡，亦不乏有志於此者，戮力精進，果眞是斐然有成，對我更是產生了不少激勵作用。

然而、然而，凡事一然而就糟了。我表面上精敏，其實疏放。作詩徒求率性，即不免因此少下了工夫。而詩這種東西，倘不刻意爲之，便須仰賴才氣，或靠本身書卷及涵養自然表現出來的性情。這些，我當然也不能說完全沒有。但畢竟只是殺雞屠狗的小手段，揮舞不動大關刀。才氣既少，腹笥亦嫌寒儉，讀古詩人之作，乃有望洋之嘆。

在世俗社會裡，常有人謬許我才華高騫，又以爲我甚博學。其實，跟古詩人比起來，我算什麼呢？河伯久遊於海若之門，何敢自誇秋水？這就叫做「人貴自知」。但既然有了這種認識、這種心理，哪裡還有雄心在這個疆場上稱雄競勝？偶賦吟咏，自適自娛，亦不敢妄稱爲詩人。

可是詩人雖做不成，我詩的感性還是在的。寫博士論文《江西詩社宗派研究》時，序文說：「余非詩人，而酒暖春深、寒爐冬雨，偶然多情，輒覺詩境不遠」，講的就是這種情況。故仍喜詩，仍喜說詩，也仍然會繼續作一些詩。

我的詩，得力處不知在那裡。但因早歲讀義山詩較多，可能風調較近於此。友人簡錦松說我詩「境界絕塵，詞采華妙，卻不符實境」（錦松詩稿．前言）。其實當然不盡如此，我詩寫實之處自覺亦不少。不過，即使如其所說，這亦是義山詩的特色。故其〈無題〉〈錦瑟〉雖多珠箔飄燈之境，而答柳仲郢書則云：「南國妖姬，叢臺妙伎，事雖涉於篇什，而實不接於風流」。蓋詩有實境，爲身所歷之境；亦有虛境，乃心所游之境也。詩不盡實，亦不盡虛。詩人則隨物賦形，憑虛構象。以致虛實相涵，情境相生，太虛幻境，不妨即爲眞如實相。

作詩既是這樣的路數，敘事寫物等客觀性的徵實之作，當然也就少了。不是不願寫，而是寫不出。作詩受限於才性，也受限於筆性，正如寫慣了顏柳，實在很難寫得出魏碑的板重與刻礫。因此後來雖在東坡、山谷及同光體方面各用了一些功，終究是體段已成，縮骨無方，改善得非常有限。

而且我其實也寫得很少。二十餘年間，奔南走北，辦學、辦報、辦刊物、辦學會、辦活動、任公職、任宗教事務。江湖浪跡，仰嘆秋風，俯慨流水，感不絕於心，而筆力無以追躡，念東坡「急起作詩追亡逋，清景一失後難摹」之語，徒增感悵而已。

這就是我寫不好又寫得少的原因。早年所作，曾收入華正書局郭昌偉先生爲我印行的《讀詩隅記》中，算是個附錄。後來因爲作得少，又無進境，所以也不敢輯刊。何況，勞者自歌，跟洗澡時唱曲子自娛沒什麼兩樣，實在也不必再瞎折騰。

去年，友人顏崑陽出版了一冊詩集，清辭麗句，頗便諷誦，讓我好羨慕了一陣子。接著，簡錦松也將他的詩集整理了去申請高雄市文化基金的補助，準備出版。恰好送來給我審查。我很喜歡他設計的版式，一時興起，竟效顰爲之，並即請錦松幫我寫篇序。

誰知他勤於作詩，無暇爲文，反而要我替他的集子撰序。在等待期間，我另懇王仁鈞、張夢機兩位老師，本家詩老龔嘉英先生、考試委員張定成先生及崑陽等賜正。結果他們都寵錫有加，各題了詞或寫了序。李瑞騰寫了一篇長文，則列爲跋記。此外還有呂正惠一序，另投中國時報。這麼一來，一本詩集的架勢全都有了，看來可以印成一冊不錯的詩集。因爲裡面縱或詩不怎麼樣，序跋文采艷發，依然非常可觀。

但我學詩，受教於張眉叔師最多。老師看了我的稿子後，很想也寫一篇序來替我撐撐門面，卻實在難以措辭。一天夜裡，師生對酌，老師十分感慨地對我說：這樣的詩集，其實不刊也罷。今日爲古詩者，辭語意境既無以遠勝於古人，徒爲天壤間增一可有可無之書，有何意味？且其中率意抒情，未必眞下苦心推敲，故結構句字仍多可商。老師期我以遠大，並不希望我在這上面耗費太多精力；可是不痛下工夫，詩又是作不好的。如此難局，無從釋解。所以，老師說：唉，還是喝酒吧！

既如此，詩還是不印爲妥。稽延到今年春間，簡錦松詩稿已印出，前言並談及我要刊行詩集事，說他那篇前言就算是彼此共同的詩集序罷。文中娓娓敘少年習詩論學事，把我的記憶又拉回淡水和日月潭的水雲深處。因念年華可紀，流光可傷，昔時歌哭吟哦之陳跡、墨痕凌亂之詩篇，仍是生命中不可磨滅的。故若把詩集印出來，當成是一種心情的記錄，也沒什麼不好。待藝不佳，亦正好趁機求教於並世方家大雅，反而別有收獲，亦未可知。

詩稿終於付印，禍災棗梨，其原委如此。補誌於卷末，用旌吾過，並借此謝謝教我學詩的師友。

此中凡收詩二〇三首。少年學詩之概況，另詳我〈用情〉一篇，此不贅。

國家圖書館出版品預行編目資料

雲起樓詩

龔鵬程著. – 初版. – 臺北市：臺灣學生，2000[民 89]
面；公分

ISBN 957-15-1019-X(平裝)

851　　　　89007193

雲起樓詩（全一冊）

著作者：龔鵬程
出版者：臺灣學生書局
發行人：孫善治
發行所：臺灣學生書局
臺北市和平東路一段一九八號
郵政劃撥戶：○○○二四六六八號
電話：(○二)二三六三四一五六
傳真：(○二)二三六三六三三四
本書局登記證字號：行政院新聞局局版北市業字第捌玖壹號
印刷所：宏輝彩色印刷公司
中和市永和路三六三巷四二號
電話：二二二六八八五三

定價：平裝新臺幣二〇〇元

西元二〇〇〇年六月初版

84820

ISBN 957-15-1019-X(平裝)